# 叛徒馬密
# 可能的回憶錄

簡莉穎劇本集 3

# 目次

# 生於憂患，死於安樂

## ——脈絡化《叛徒馬密可能的回憶錄》

文／紀大偉（《同志文學史》作者，政治大學台灣文學研究所副教授）

「生於憂患而死於安樂也」，《孟子》的名言。這句話剛好可以描述同志的生命，以及同志生命的文化呈現。一如其他社會弱勢，例如處於階級弱勢的窮人和處於種族弱勢的黑人，同志飽受社會的種種不平等待遇，活得很辛苦。我說同志「生於憂患」，也有這個意思。不過，同志也跟其他社會弱勢人口不大相同：各種社會弱勢都免不了跟死亡共舞的名聲，但是幾乎只有同志享有縱慾而死的惡名。人們愛說，窮人和黑人就是為了找樂子而沈迷菸酒，因而陷入健康危機。人們也愛說，同志為了追求肉慾的快樂，要不是故意捨棄保險套，就是故意耽溺禁藥，結果招致死神的青睞。也就是說，人們想像同志為了性快感不惜賠上生命代價。我說同志「死於安樂」，也有這個意思。

當然我要澄清，八卦呈現的同志面貌，絕非百分之百符合事實。但，八卦不是真相，卻締造真相的「效果」：就像人工色素一樣，比真實食材更具食物本色。日本作家多和田葉子的芥川賞得獎小說《狗女婿上門》，就展示出八卦和縱慾者的關係。小說中，一批社區媽媽謠傳，某個神祕型男竟然男女通殺，像狗一樣愛吃情人的菊花。這篇小說從未證實社區媽媽的八卦是否真實，但小說讀者已經無法刪除腦中畫面：型男就是雙性戀賞菊高手喔。事實上，社會大眾（包括同志自己人在內）對於同志情慾生活的理解，本來就主要來自於謠言（以及謠言的近親，吹牛、誇大、說謊等等），而不是來自於第一手的現場觀察。民眾甚至不可能從同志色情片認識同志情慾的真相，因為任何色情片的本質都是吹牛、誇大、謊言，絕非可信的真實。真實，本來就遙不可及。只要重讀白先勇《孽子》，我們也會發現：小說主人翁阿青對於玻璃圈重大事件的認知，往往來自於新公園裡的道聽塗說，例如「龍子阿鳳」奇緣，卻很少來自他本人目擊。

劇作家簡莉穎的《叛徒馬密可能的回憶錄》（以下簡稱《馬密》）就處在生於憂患、死於安樂的同志文學傳統中，而且一如諸多同志文學前輩，由各種不可靠的小道消息交錯組成情慾的寶殿。我要承認，身為文學史研究者的我把《馬密》劇本放在同志文學傳統來看，而不是放入表演藝術的脈絡來看。不過，幸好早在 2017 年、2019 年《馬密》公演前前後後，許多劇場工作者以及戲劇學者已經在網路平台、學術刊物，精彩討論現場演出。既然針對三次元空間的表演已經累積多篇剖析，那麼我就可以放心只談二次元空間的劇本。

《叛徒馬密可能的回憶錄》這個字數很多的劇名，疊滿關鍵詞。既有的討論質問：誰是「叛徒」？什麼是「回憶錄」？為何要加上「可能」來修飾「回憶錄」？彷彿整個劇名只有「馬密」這個人名不需要被追問。但我這個人向來後知後覺，偏偏卡在「馬密」這個名字上面。我在觀看《馬密》這齣戲之前，預期劇名的「馬密」應該影射「大衛馬密」（David Mamet）這位影劇界名人。看了戲才發現，劇中「馬密」似乎跟大衛馬密無關。全劇的重點在於台灣同志社群過去二、三十年的傷痛。

乍看之下，主人翁馬密堪稱叛徒：為了讓愛滋同志互相培力，因此組成愛滋感染者互助團體的馬密，竟然引狼入室，把警察帶入私下舉辦的同志派對，導致自己人被污衊、被消費。但是，馬密似乎也可以宣稱自己慘遭背叛吧？他努力維持愛滋同志「被去性化」潔身自愛形象，但是他的親密自己人卻一再投入足以讓愛滋同志「被再性化」、「被過度性化」的肉慾道場。馬密的同志人際網絡，可說是由「聖人罪人、節婦婊子」以及「昨是今非、今是昨非」這兩條經緯構成。同志的桃花花期特

別長，可以從少女時代一路開到為人祖母的年紀（祖母的桃花有多少，詳見《阿媽的女朋友》這本口述歷史）。這麼長的花期，是特權也是詛咒：有同志全身投入花期，樂於當罪人當婊子，也不要無花空折枝；也有同志避諱桃花，寧可當聖人當節婦，榨乾自己在資本主義社會的剩餘價值。進行這兩種選擇的同志互相看不順眼，但是他們其實處於一體的兩面：正是因為同志的生命跟死亡驅力密不可分，所以前一種同志才拼命在慾海玩火、證明自己不怕死，但是另一種同志卻將性慾加以昇華，否認死神終要降臨。更多同志並不是處於兩極，而是在兩邊之間徘徊，想要守節卻又怕無彩，想要淫蕩卻又怕罪惡感。類似的矛盾心態在愛滋劇場的前作《美國天使》等等出現，甚至也在本土女同志小說《逆女》露臉：在這本 1996 年獲得皇冠百萬大獎的小說中，女主角突然罹患奇異重病，便以為自己進入同性戀圈了，就免不了愛滋襲擊。後來才發現，她的絕症跟愛滋無關。

今日讀者或許覺得《逆女》的女主角想太多，但是長久以來，許多台灣同志人口——包括沒有任何性經驗的同志——都曾經擔心自己感染愛滋、死於愛滋。因為過度擔心愛滋，缺乏性接觸的同志頻繁驗血，不少性生活豐富的趴場老手反而畏懼任何一次篩檢——簡直是「該來的不來，不該來的卻來了」定律。愛滋導致的心病，並非只為愛滋感染者帶來困擾，也為全體社會蓋上烏雲。《馬密》的眾生，不管性別，不管性生活頻率，都是愛滋陰影底下的當事人。在《馬密》裡頭，沒有人只是小龍套：劇中那些看似沈迷八卦的小人物，也像《狗女婿上門》的社區媽媽一樣，像是《孽子》的眾多長老一樣，都製造了足以發揮真相「效果」的謠言。

《馬密》安排一名年輕女子拍攝紀錄片，回首馬密等人不堪的往事。紀錄片總是最新進也最懷舊：它在拍攝的那一刻啟用最時尚的科技，動用的科技卻在拍攝之後立即折舊。用紀錄片收攏《馬密》新舊交替、生死交錯的記憶碎片，成果也就突顯得更加怵目驚心。波赫士（Jorge Luis Borges）的短篇名作〈叛徒和英雄的主題〉（Theme of the Traitor and the Hero）中，一個政治組織發現某個去世的聞人竟是叛徒，但是他們卻決定扭曲事實，說聞人其實死於英雄事蹟，以便把一盤政局的死棋玩成活棋。本土同志公開發聲三、四十年來，圈內圈外也不乏豬羊變色的誇張腳本。許多當今支持同志的政商名人，都曾經發表不利同志的言論；有些在同志圈「喊水就會結凍」的昔日名嘴，如今卻為某些打壓同志人權的勢力抬轎，因而淪為同志社群的黑名單。我提出昨是今非、今是昨非這個歷史常數，並不是要提倡犬儒的厭世態度，而是要大家平靜看待人人都可能翻臉如翻書的事實。正因為人人都有大幅改變的潛力，所以昔日的陌生人才得以紛紛變成同志的盟友，所以同志紅人花榜才得以頻繁換季。

《馬密》的既有討論，大致將《馬密》置入愛滋劇場的版圖來看，用 zoom in 的方式檢視《馬密》如何再現愛滋相關人事物。但我選擇用 zoom out 的方式看待《馬密》，把目光從愛滋劇場的系譜，轉向同志文學的全景。我選擇 zoom out 而不 zoom in，並不是因為愛滋不甚重要，而是因為愛滋茲事體大。愛滋絕對不僅僅牽涉當事人而已，反而足以推動時代氛圍。我在《同志文學史：台灣的發明》強調，台灣同志文學在 1990 年代大放異彩，不應該歸功於 1987 年政府宣布解嚴，而應該歸功於民間在 1980 年代初面對愛滋疫情的作為。國內外論述很習慣

將解嚴這回事當作變魔術，彷彿解嚴前民間奄奄一息、解嚴後民間才變得虎虎生風。這種流行的說法高估了政府的功勞，並且低估了民間的貢獻。事實上，若非民間人士、黨外人士冒著淪為政治犯的風險，一再刺激國民黨政府進行改變，蔣經國不會勉為其難解除戒嚴。同時，正是因為美國爆發愛滋疫情，造成全球恐慌，台灣民間人士才冒著被出櫃、被污名化，以及被警察盯上的風險，在 1980 年代初期挺身而出，勸說各界諒解同志。他們進行勸說的場域多元，有些人忙著留下文字紀錄，成為同志文學的養分，但還有更多人在街頭巷尾流汗，無暇寫字，也就沒有被人記得。由愛滋恐慌觸發、未必訴諸於文字的民間力量，才是同志文學得以在 1990 年代起飛的基礎。

說起來，同志文學也是生於憂患、死於安樂這句話的一種體現：因為愛滋帶來憂患，有志之十被迫追求生路，同志文學才因此獲得生命力；等到各界覺得同志安居樂業、毫無苦惱的時候，同志文學恐怕反而就要無以為繼。

叛徒馬密可能的回憶錄

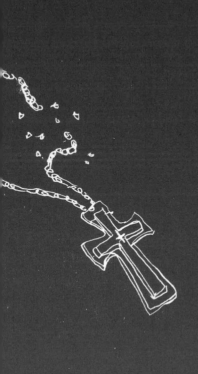

## 劇中人物：

均凡：年齡介於 25 至 30 歲間，拍攝紀錄片的主述者

阿凱：方耀凱，均凡的叔叔，馬密年輕時的戀人

馬密：本名馬泰翔，HIV 感染者，與甘口一起成立了帶原者
　　　收容站「甘馬之家」

甘口：馬密年輕時的好友，HIV 感染者

小展：甘馬之家的志工，男同志

小遙：馬密的大學同學，女同志，超過 40 歲的 T

夢夢：甘口收容的街友，慣竊

珍妮：阿凱的好友，住美國

志工 B：甘馬之家的幹練志工，雙性戀

陳太太：向甘口及馬密討公道的中年婦女

馬太太：馬密的姊姊，基督徒

※ 其他角色可由演員重複輪流扮演

**臺詞指示：**

1. 句尾出現「—」符號，表示搶話快接。
2. 句首、句中出現「／」符號，表示前面一、兩個字要與上一句臺詞相疊，是比搶話更快的疊話。

# 序：紀錄片試片

（均凡走到臺前）

均凡：我拍了這個紀錄片，這一切是從馬密的日記開始的。我決
　　　定拍跟家族有關的事情，我想到我叔叔，方耀凱，阿凱叔
　　　叔，很帥，跟我最好，每次都會買可樂給我喝。

　　　阿凱叔叔是同性戀這件事，我們家都默認，也不會特別
　　　去聊。阿公阿嬤最疼叔叔，一直強調要把老家的房子留
　　　給他，因為叔叔「不會結婚」（強調）。

　　　但某一年開始，叔叔就沒有回家了，那是我國中的時
　　　候，有一次補習回家，聽到阿嬤對著電話大罵，阿嬤看
　　　到我，把房門「砰」地關上，不讓我聽到。

　　　但我其實比他們都知道的都更多。阿凱叔叔不再回家的
　　　第二年，我留在學校晚自習，同學轉交給我一個包裹，
　　　是一本日記跟一封短信，信上寫「請幫我保管」。我知
　　　道阿凱叔叔來過我學校，又走了。

　　　那就是馬密的日記。馬密是誰呢？馬密是我叔叔那時候
　　　的男朋友。

　　　日記紀錄了馬密跟阿凱叔叔在一起到分手的過程。

　　　我一直在想，馬密，是不是就是阿凱叔叔離家的原因
　　　呢？

　　　馬密是一個 HIV 感染者。

　　　叔叔是同志勉強可以，但是跟 HIV 感染者交往就不
　　　行。（在上述講話過程中拿起攝影機）

均凡：（對著鏡頭）我按照這本日記後面的通訊錄，開始一個個聯
　　　絡，大部分都失聯了，能找到的就是他們，感謝大部分的
　　　人願意受訪，才有這部紀錄片，過程中我也試著在回答這
　　　個問題：為什麼妳會想紀錄眼前的這個故事？

（扮演其他受訪者的演員上，每個人都是第一次訪問時的狀態）

均凡：為什麼叔叔突然跟馬密分手了呢？

珍妮：我是阿凱的大學同學，我叫 Jenny，確切分手狀況我不清
　　　楚，我只知道他們在一起很久，妳來得也太剛好，我明天
　　　就要跟我老公回美國去了。

馬姊姊：我是馬泰翔的姊姊，我很久沒有聽到有人叫他馬密了，
　　　願主跟妳同在。

小遙：我是小遙，馬泰翔的同學，每次遇到他他都很衰，一次他
　　　辦退學，一次看到他在吵架，對，就是跟阿凱。

小展：我是小展，當時的志工，講到阿凱跟馬密，就要講到他們
　　　分手的原因，甘口，他也是HIV。他們一起弄了甘馬之家。

均凡：甘馬之家？

小展：是一個感染者聚會所。關於這三個人的關係，妳可以問問
　　　這個人（遞出名片），其實……

志工B：小展介紹的話，是可以訪問啦，但不要提到我名字，叫
　　　我志工B好了。我已經結婚了，不想讓我家人知道我以前
　　　跟那些人走很近。

夢夢：我是夢夢，沒有我甘馬之家根本弄不起來，算命的說過我
　　　是董事長命咧。

甘口：我叫甘口，喜歡吃佛蒙特甘口咖哩，我曾經是馬密最好的
　　　朋友。

阿凱：我是阿凱，方耀凱，我是馬密的前男友。

馬密：我是馬密，本名馬泰翔。對我來說，馬密是一個已經死去
　　　的人。


小展：就是這棟房子，現在不知道住誰。其實馬密是個叛徒。

均凡：叛徒？

小展：那是〇四年的時候，我還是大學生，在西門町的性病防治
　　　所當志工，在那邊聽說了這個感染者互助會，甘馬之家，
　　　我就去了，我不是感染者，坦白說覺得感染者有點酷啦。

均凡：你是想主動認識才去的啊？

小展：因為我也是 Gay 嘛，那時候有個醫生感染 HIV 被解僱，他
　　　們想要以感染者的身分發起聲援行動，我第一次跟他們開
　　　會。


（小展走進開會的場景）


小展：開完會第二天，警察就來臨檢了，後來我才知道，甘口常
　　　常在家裡開用藥趴，是馬密跟警察告密的。一切結束的前
　　　一天我跟他們開會。


均凡：馬密的日記寫著，「二〇〇四年五月，今天聲援醫師再上訴
　　　行動會議，我對阿凱跟甘口徹底感到失望。」

## 之一：小展，聲援行動前夕，馬密的背叛

（開會人物：甘口、阿凱、馬密、小展、志工Ｂ、莎莉、學者高老師）

馬密：有新人我還是自介一下，我是馬密，先出櫃一下，我感染
　　　九年了。他是高老師，高老師很會組織活動，可以幫助我
　　　們釐清面對媒體的論述。他是小展。

小展：嗨大家好，要出櫃是嗎，我還沒有感染（眾人笑），我很會
　　　寫POP。

甘口：／嗨我是甘口，我感染幾年……？忘了。

志工Ｂ：／（對小展吹口哨）新人很可愛喔。

（其他人跟小展微笑點頭，阿凱小聲地説了自己名字）

馬密：我們先來順一下明天的流程。

高老師：我們昨天討論了幾個方案（拍拍馬密），但後來覺得最有
　　　效的是讓阿凱說幾句話，阿凱跟馬密交往這麼久都沒有感
　　　染，這不就是最好的證明嗎？

阿凱：嗯……

莎莉：是真的要去抗議嗎？

高老師：這位戴著口罩的朋友是？

莎莉：不好意思我想問個問題。

高老師：請說。

莎莉：（字斟句酌地）大家知道傷寒瑪麗吧？當然像阿凱這樣很好，
　　　可是那個是醫生，會開刀……

馬密：傷寒傳染力強很多很多很多誒。

莎莉：我兒子今年剛上小一……我平常生活會很注意，我有傷口一定會小心不要碰到他的餐具，我自己都做到這樣了，我不希望醫生有傳染病碰到小孩……

高老師：不好意思妳可以把口罩拿下來嗎，這樣我聽不太清楚。

甘口：她外出都會戴口罩，就讓她戴吧。

馬密：這又是你從哪認識的朋友？


（甘口聳肩）


莎莉：我不是說不要去抗議，我是覺得不一定要堅持回去當醫生啊。

高老師：醫生才是最怕傳染給別人的那個。

志工Ｂ：我有一點點贊同口罩的話。

莎莉：（臺灣腔英文）Sally。

志工Ｂ：OK Sally姐，我覺得如果一直強調醫生要工作，不是更讓人覺得我們眼中只有人權沒有人命嗎？哭訴可憐只會造成反感，應該要先照顧社會觀感——

莎莉：我覺得只要不開刀就沒問題啊，不然也可以募款給他開診所——

馬密：那醫生有菜花可以嗎？淋病呢？得癌症可以嗎？醫生有生病的權利吧？

志工Ｂ：我們現在討論的是傳染病。

馬密：有吃藥傳染機率小到近乎零。

志工Ｂ：我知道，但只要不是等於零，大眾就是會反感，我們應該要講故事，你懂我意思嗎？理性說故事，該煽情的部分留白，打動大眾的感性。

莎莉：只要不開刀—

志工Ｂ：如果整個醫院的醫生都可以開刀，但他因為生病造成他無法負擔部分工作，這樣適任嗎？對其他醫生公平嗎？為什麼要特殊對待一個員工？

馬密：工作權是基本人權。

志工Ｂ：OK啊，結果就是會讓其他被迫增加工作量的同事很困擾吧。

高老師：會不會困擾是他同事說了算。

志工Ｂ：同事如果說困擾會被說歧視。

馬密：他可以增加其他方面的工作量啊—誒阿凱。（發現阿凱都沒發言）

高老師：那如果他是輸血感染或垂直感染呢？

志工Ｂ：好像不是？

高老師：輸血感染的話，他有清清白白的資格繼續工作嗎？

莎莉：我是覺得吼～


（短沉默）


馬密：小展你覺得醫生是輸血感染還是性交感染有差嗎？

小展：嗯……好像有誒……

甘口：我們光內部就搞不定了。

馬密：那你多說點什麼啊。

志工Ｂ：我不在意怎麼感染的，你們同意我說的現在只是反效果嗎？第一我們應該要拿出更多安全的證據—比如說阿凱，這個感染者的伴侶的故事，第二要去回答他自己造成的身體問題增加別人的工作困擾，職場倫理上要怎麼交代。

高老師：你先回答我輸血感染可不可以嘛?!

小展：輸血的話比較會同情他。

高老師：但做愛也可能哪一次意外沒戴套啊，套子破啊——

志工Ｂ：我真的不在意那些誒，是這個行動有沒有用——

甘口：好……

莎莉：／（與甘口同時說）那個——

甘口：妳先。

莎莉：喔我要講另外一件事。我等等要回去煮晚餐，我知道大家
　　　都是好意啦，看你們決定，但是有行動我可能沒辦法去，
　　　我不能被認出來。

馬密：明天行動不能去的舉手。（莎莉跟志工Ｂ舉手）

志工Ｂ：我不是不能去但行動訴求要換。


（阿凱慢慢舉手）

（大家有點驚訝地看著他）


馬密：你不去？

阿凱：我想上廁所。（起身離去）

馬密：阿凱。


（阿凱離開開會場景）


甘口：一直要阿凱出面，應該要先問過他的意願吧。

馬密：是我要他出面的嗎？你問啊。


（沉默。甘口起身去找阿凱）


小展：（對均凡）那時候我就想說，啊，他們三個不太平衡呢。

均凡：是因爲我叔叔劈腿甘口嗎？

小展：嗯⋯⋯這也是我後來才知道，不過我相信任何一段關係需要向外發展，一定是原本哪裡出問題了。

均凡：這個說法會讓被背叛的人很痛苦呢。

小展：（笑）但事實是如此啊。我也被劈過呢。然後會議草草結束，我經過廁所的時候聽到他們在講話。


阿凱：我跟馬密以前有無套過⋯⋯就一次。

甘口：嗯。

阿凱：反正我想說病毒測不到，幾乎沒有傳染力了。

甘口：你不可能對外面這樣講。

阿凱：死也不可能。我有去驗啦，沒事。後來他有點生氣，堅持說不能再這樣了，要是我被感染了，我們就站不住腳了。

甘口：你證明了他很安全，他一定不能讓你被感染。

阿凱：久而久之感覺顧慮有點多也不想做了。

甘口：交往久了本來就會比較淡。

阿凱：有一次我們去吃飯，他咬了一口肉說很硬，要給我吃，我瞬間猶豫了，他剛看過牙醫。很奇怪吧，明明沒什麼好怕的。

甘口：你不能被感染，到後來成爲模範情侶已經大過一切了吧。

阿凱：我跟他的感情已經不只是我們兩個了，在他身邊的我，要是一個絕不會感染、積極樂觀的我。


（沉默）


甘口：（靠近阿凱，親吻他，伸手摸進阿凱的褲襠搓揉，阿凱也跟他接吻）你跟我一起不用證明什麼。

阿凱：你是不是誰都好啊？

甘口：才沒有，我只喜歡你跟馬密。

馬密：（拍了拍小展，故意大聲地）你還不回去啊？

小展：嗯嗯要回去了。（阿凱、甘口從廁所出來，經過馬密旁邊，三
　　　人眼神都沒有交流）我最後聽到馬密叫甘口不要再開 Party
　　　了，被警察盯上的話也怪不了別人。

均凡：（邊走邊唸著馬密的日記）「如果我死了，凶手就是甘口跟阿
　　　凱。三個人的關係無法再維持了。憑什麼是甘口？甘口很
　　　自私，一定不會像我一樣保護阿凱……」日記到這邊就被撕
　　　毀了，感覺有大爭吵，那之後發生了什麼事？

小展：第二天我帶著手舉牌去，客廳弄得亂七八糟，沒有人在，
　　　附近鄰居說警察來過了，從甘口的床下搜出一堆毒品搖頭
　　　丸。

均凡：那就是甘馬之家的最後一天。鄰居有說什麼嗎？

小展：一定很驚訝吧，旁邊竟然是愛滋毒窟。我問妳唷，妳是想
　　　要了解妳叔叔的過去，然後讓家人接受他？

均凡：或許吧。

小展：我告訴妳這件事不難理解，馬密一直想要推動感染者權
　　　益，到後來感情也跟這個目的分不開，他自己沒有發覺，
　　　但是阿凱久了就受不了了，甘口跟他談心，阿凱就被拐走
　　　了。

均凡：（開玩笑）那這個紀錄片好像已經可以做結論了。

小展：妳去問看看吧，一定還有很多我不知道的事，我現在比較
　　　沒那麼關心這個議題了，我有一個姪子，小胖威利症，妳

知道那什麼嗎？沒什麼人注意，不會有人拿去拍電影，就算拍了我也不會去看，因為主角不是年輕帥哥，如果HIV只在非洲流行而不是在美國，根本不會有人鳥，這畢竟是看臉的世界。好啦我其實一直都滿忌妒甘口的，生病又怎樣?!帥就夠了，還不是一堆人前仆後繼地跟他睡，連阿凱也吃到了，阿凱是我的菜，這段話就保密吧。

均凡：會的。

小展：比起來長得醜更是一種絕症吧。帥哥永遠沒辦法感受我們這種醜男人生，就像我也永遠沒辦法真的體會得了不會好的病是怎麼回事。

均凡：照你這麼說最慘的豈不是長得不好看又得病的。

小展：哈哈，說到底沒什麼慘不慘吧，各有各的命。我知道的都告訴妳了，我回去上班了，下個月我會調回南投的衛生所，完蛋啦，一定更找不到對象，妳來南投就順便帶個好男人來給我吧。


（小展下）


均凡：（拍攝）很多人事物早就消失在時間的洪流裡，無法重現也無法複製，或許尋找叔叔的青春也就是在尋找曾經離我那麼近，我卻完全不清楚的過去，他們三個是怎麼走到破局的呢？（手機響起）喂喂？我到了，和平西路。

（電音版的《美少女戰士》主題曲進，搖頭店，小遙跟其他扮裝的人，上場跳搖頭店風格的舞）

## 之二：小遙，我所知道的馬泰翔

（小遙跳舞中，均凡唸日記，小遙自介，像是小遙跟均凡穿梭在過去的舞客當中，這些舞客也是過往的錄影畫面）

均凡：（日記）「二〇〇一年十月，很不喜歡去夜店，爲了發宣導傳單才去，竟然遇到大學同學小遙，還遇到警察臨檢，很怕他們看到我的重大傷病卡會知道我是 H，下次要找個有暗袋的錢包。」

小遙：我是小遙，那天我跟女友打扮成美少女戰士，一起去萬聖節 Party，遇到馬泰翔跟他男友。

均凡：我之前住過這附近，沒想到現在是燦坤以前是夜店。

小遙：現在酒吧比較流行，夜店幾乎都倒光了。

均凡：還好妳有錄影。

小遙：只找到這段錄影，我很專業地跑不同家一定要換不同主題，好可惜被我前前任刪光了。（指著其中一個扮成海王滿的人）就她。

均凡：妳這樣算是……T？

小遙：我沒有在分誒，應該算長髮T吧。

均凡：（指著在人群中遠遠出現打扮入時的阿凱跟馬密，兩人狀似親密）那是我叔叔。

小遙：我記得他，馬泰翔在他身邊一臉幸福的樣子。

馬密：現在好像不是發傳單的氣氛誒。

阿凱：在這種場合發愛滋病的傳單眞的滿解的。

馬密：還是我們發給男同志就好？異性戀可能不會理我們。

阿凱：要發就統一發啊異性戀又不是百毒不侵。

馬密：還是我拿給店員。

阿凱：哎唷你先玩一下嘛，穿這麼帥來發傳單不可惜嗎？


（阿凱將馬密的臉揉來揉去，馬密比較放鬆）


小遙：馬泰翔？

馬密：（轉頭）嗯？

小遙：真的是你！

馬密：妳是—

小遙：賴—

馬密：賴……怡婷？

小遙：不要叫我那個名字，叫我小遙，天王遙的遙。

馬密：（有點尷尬地）這我大學同學小遙，這我朋友阿凱。

小遙：誒跟你介紹一下，（招手叫打扮成海王滿的女生過來）我女朋
　　　友。我大學同學馬泰翔，他朋友。

小遙女友：哈囉。

阿凱：海王滿誒！我也有看，但我喜歡冥王星 Sorry。

小遙：沒關係外部三戰士都是一家人。

小遙女友：你們兩個是一對吧？

阿凱：對啊。

小遙：（驚訝）你有男朋友？靠！幹麼不介紹啦！啊你後來有回去念
　　　完嗎？

馬密：哎現在的工作很忙，（急轉話題）這首歌我很愛誒那我們去
　　　跳一下。（馬密跟阿凱手上都拿著酒，此時都將酒放在桌上）

小遙：聽到男朋友我有點驚訝，系上跟我很好的老師說，馬泰翔

大四憂鬱症休學是因為得了 HIV。

均凡：老師可以到處講嗎？

小遙：老師只有跟我講啦，希望有同學可以幫助他。以前他很憂
　　　鬱，看到他健康的樣子滿開心的，不知道他男朋友知不知
　　　道他的狀況，但我不該問。

均凡：或者猜他男友是不是也跟他一樣。

小遙：我知道我這樣不對，是，我的確這樣想。

均凡：真的很難不這麼想。

小遙：最後是我陪他跑完離校手續。（對馬密）那就到這邊囉，我
　　　下午還有課。你要復學的話再跟我聯絡。

馬密：謝謝妳啦！

小遙：反正在學校也學不到什麼東西啦！

馬密：對啊，想先出去工作。（咳嗽兩聲）

小遙：你，感冒了？

馬密：嗯……吹到風。（有點心虛地搪塞過去）

小遙：好喔那你快點回去休息，工作其次啦健康比較重要，保重
　　　啊！

馬密：謝囉，Bye Bye。


小遙：妳看我那不自然的蠢樣。


（兩個警察突然吆喝著進來）


警察 1：警察臨檢！

警察 2：不好意思，身分證拿出來。

狀似老闆的人：你們這樣一直來一直來我們要怎麼做生意？客人
　　　　都被逼走了！這是歧視，電音文化沒人權！

小遙：（秀出身分證）滿十八很久了。

均凡：日記有提到警察臨檢！這個警察（指指警察2）之後在馬密的人生中還會出現。

小遙：那陣子很多臨檢超擾民的。（打開皮包給警察看）

均凡：是有人故意檢舉嗎？

小遙：這家比較特別，老闆想要建立好的 Party 風氣，會宣導用藥安全，還會報案叫警察來抓藥頭跟幫派，結果留超多案底，警察想要有業績就來這邊查。

均凡：那乾脆不要報案就不會被抓！

小遙：幾年後真的倒了，Last Party。我已經忙到沒辦法熬夜跳舞，改去健身房了。


（警察2一個個檢查身分證跟包包內容物，此時阿凱擋在馬密前面）


警察2：麻煩包包看一下。

馬密：（猶豫要不要打開背包）嗯……

阿凱：嗨！

警察2：誒你怎麼在這？

阿凱：來放鬆啊。

警察2：這麼剛好。（被阿凱勾肩搭背）

警察1：這是──

警察2：喔、他……

阿凱：我是他表弟，臺大醫學系那個。

警察1：臺大的也會來跳舞喔。

阿凱：讀臺大就是要會念書也會玩啊。

警察 2：這邊我檢查完了，都 OK。

（警察離去，警察 2 回頭看了阿凱）

警察 2：警察找你麻煩的話，你就聯絡我。

小遙女友：你好厲害臺大醫學系。

阿凱：假的啦，這樣講警察印象會比較好。

小遙女友：那帥警察是誰？

阿凱：之前一起玩的一個對象。（阿凱的 BB.Call 響起）

小遙女友：炮友喔?!

阿凱：他家很保守，就是偶爾找一下。

小遙：結婚了？

阿凱：一直有女友，講什麼「我以後一定會娶我女友」。

小遙：這很不上道，別理他。

馬密：他約你見面？

阿凱：約我吃飯。

小遙女友：要是認識律師、醫生、警察，絕對不能撕破臉。

（瑪丹娜的舞曲進，其他扮裝的舞客有的跳起舞來，有的耳鬢廝
磨）

小遙：在大家正 High 的時候，馬泰翔跟阿凱不太對勁。

（馬密跟阿凱在一群跳動的人中，情侶吵架似地站著對峙）

小遙：情侶吵架，那個一看就知道了。你從他們身邊走過去他們
　　　也不會看你一眼，不會有比瞪死對方更重要的事了。

（小瑤看著互瞪的馬密、阿凱，一臉無奈的樣子）

阿凱：煩誒！

小遙女友：他們吵架了喔，酒剩這麼多很可惜誒。（拿著不知馬密
　　　　　還是阿凱留下的酒要喝）

小遙：（阻止）不要喝馬泰翔喝剩的，我再幫妳點一杯。

小遙女友：幹麼～～不要控制我！

小遙：不要喝很髒！再幫妳點一杯啦。

小遙女友：不要控制我！

（小遙女友跑走，小遙追出去，舞曲音樂停，場上舞客化作來往的
人群）

均凡：妳們也吵架了喔？

小遙：我說很髒，我自己都嚇到了。其實我很想跟馬泰翔道歉，
　　　我一直都有點心虛，他不知道我知道，也不知道我偷偷觀
　　　察他。我們遲早有一天會變成病人，但在那之前，我想不
　　　管洗腎、癌症、愛滋病，我都不知道怎麼相處吧。一直想著
　　　要是再遇到他一定要更自然一點，還是沒做到。

均凡：自然更難啊。

小遙：所以他可能寧願大學同學什麼都不知道吧。之後蕃薯藤要
　　　結束了，我開了蕃薯藤信箱準備備份，看到一封很久之前
　　　馬泰翔寄給我的信。

（小遙一邊聽信一邊慢慢換上當代、符合她年紀的成熟中年白領的
打扮）
（小遙女友也換上成熟的穿著，換好後下場，坐在另一個男演員身

邊）

馬密：「妳還記得我們上禮拜在夜店遇到嗎？怕妳喝太醉忘掉了哈
　　　哈，對不起我們突然跑掉！只是小吵架啦，因為那陣子很
　　　厭煩他常常稱讚某個前任，不是警察是另一個，新仇舊恨
　　　囉，哈哈，但他有反省了，對不起讓妳尷尬了，也幫我們
　　　跟妳女朋友道歉。

　　　好久不見了但沒機會好好聊聊，謝謝妳在我憂鬱症很嚴
　　　重的時候幫我很多，我現在好多了，工作很順利，跟男
　　　友也很穩定，有空可以一起去吃飯聊聊，夜店就算了不
　　　適合我。很高興遇到大學同學，而且是妳，讓我覺得我
　　　那四年不是完全空白。泰翔」

均凡：妳有回信嗎？

小遙：我回信了。「泰翔：很抱歉這麼多年以後才看到信，我平常
　　　完全沒在用蕃薯藤信箱，我也不知道我註冊來幹麼的，我
　　　那時的女朋友早就分手了還鬧得很難看，她劈腿了二次，
　　　每次都我哭著求她，最後一次我死心再也不理她，換她哭
　　　著求我，但一切都來不及了。我現在跟一個小我十歲的在
　　　一起，如果同志婚姻通過就會結婚。沒去夜店了，也戒酒
　　　了，過三十五歲一喝酒就偏頭痛，我現在固定上健身房，
　　　有空一起去運動啊。我很想知道你過得好不好，寄到我的
　　　Gmail 吧。怡婷」

　　　我的 Gmail 一直沒有收到回信，我也有上臉書搜他的
　　　名字，但沒有找到，可能沒用臉書吧。如果妳之後有找
　　　到他，希望可以告訴我他過得如何，我一直覺得對他很
　　　抱歉。他應該還活著吧？

均凡：好我會跟妳說。

小遙：啊，最後一件事，可以把這段跳舞的錄影加到妳的紀錄片裡嗎？（頓）那是我重要的回憶，雖然再怎麼紀錄也無法重現那時的感受，音樂一放用點 E 跟旁邊的陌生人抱著跳舞，愛與和平說出來一點都不噁心，跳一整晚早上去吃永和豆漿跟復興南路的清粥小菜，現在夜店每年幾百間幾百間消失，我看新聞說英國十年前還有三千家現在只剩下一千家，全世界都是這樣，常常跳舞遇到的那群人，再也沒有遇到了。

均凡：我會加進去的。

小遙：我希望這樣被記住。


（小遙下。夢夢騎著拾荒車或者拖著拾荒物上場）


均凡：（日記）「一九九九年四月，我有了跟我一樣的朋友，甘口。我們開始使用雞尾酒療法了，我們得救了。甘口對我來說是奇蹟的化身。
離開跟姊姊合住的小公寓，我搬去甘口家，那時還有一個怪人，叫夢夢，也住在那。」
跟小遙道別以後，我想知道甘口是什麼樣的人，這個夢夢好像是他的前室友。我打了夢夢留的市內電話，接電話的人叫我去麗水街的巷口找他，我到巷口，看到一臺拾荒三輪車，一個老頭坐在上面打瞌睡。（一邊拍攝夢夢）


（均凡打電話，夢夢接起手機，手機是 Nokia 之類的老人機）

## 之三：夢夢，夢夢董事長跟甘口的英雄傳說

均凡：你好，你家人說你在這邊——

夢夢：妳手機有沒有訊號？

均凡：有啊。

夢夢：奇怪，我手機沒有訊號，一定是國安局的人在竊聽。

均凡：竊聽？已經解嚴了。

夢夢：這個政府有什麼幹不出來。妳知道什麼人會被竊聽嗎？知道太多祕密的人。

均凡：我想請教你以前的事，你記得嗎，甘馬之家——

夢夢：甘馬之家，知道，那群小屁孩，妳知道他們很多愛滋病嗎？我不怕那個，心只要正，就百毒不侵，他們抗議的方法還是我教的，我年輕的時候在工廠就是帶頭反抗的那一個，大家都服我，不服廠長也不服副廠長，就服我一個小組長。我很有正義感，最看不慣不公不義的事，我都怎樣，劫富濟貧，盜，亦有道。我用《孫子兵法》磨練他們，整部兵書都背起來了。

這甘口呢，他有點像年輕的我，挺瀟灑的，人很聰明，可惜什麼，眉毛濃，眼窩深，情關難過。我遇到甘口那時候，我幫廠長扛了八百萬的債，他誣賴我偷錢，媽了個巴子，我暫時住到甘口家，就像孟嘗君養食客，妳去問問他們，發傳單、寫傳單、熬中藥，他們愛滋病的很多吃中藥，我自己看書，《黃帝內經》、《本草綱目》，修理家具水電、讀書、運動，哪一樣不是我教他們的。他們有的被家裡趕出來，我就給他們上課，中國

《二十四史》都在我腦裡，我可以拿五個博士⋯⋯

均凡：他講了滿多廢話，但我覺得他很需要說。配合著馬密的日記大概拼湊出以下的故事，但也不知道是不是正確。

（甘口上場，有點戲中戲的效果）

均凡：甘口家裡滿有錢，撞球高手，在撞球場救了夢夢。

（球客1揪著夢夢，其他球客圍著他）

球客1：輸了要付錢哪！

（甘口拿著球桿走到他們旁邊）

甘口：怎麼了？
球客1：這傢伙輸了不付錢。
甘口：跟我打一局，你贏我的話，可以離開。
夢夢：我今天手氣是不好，醉鬼我還贏不了嗎？
球客2：他是這邊有名的球王誒！
甘口：OK 我知道你怎麼打球了。
均凡：甘口一開打，連進五球。接下來，甘口把每一球打到夢夢一定入袋的位子，每一次，都有一顆球停在洞口，夢夢只要輕輕一碰。

（撞球進袋聲）

球客2：哇做球讓自己輸!?

球客 1：靠有人能這樣打球，你怎麼不去比奧運？

球客 2：奧運沒有撞球啦！


均凡：最後一球進袋，整間球店的人都鼓掌了。


球客 2：（對夢夢）算你走運。

甘口：（掏出錢）彌補各位大哥損失，贏我發一千，輸我發五百。

球客 1：你喝醉來撒錢可別後悔啊。

甘口：要後悔的事太多了，還輪不到這次。


均凡：在場的球客都圍著甘口打球，這時候夢夢偷了甘口的東西。

夢夢：那不叫偷，叫劫富濟貧。（從口袋掏出東西）除了錢包鑰匙以
　　　外，還有一包藥丸，好死不死剛好他也來上廁所。（被甘口
　　　看到在清點戰利品，立刻收起來）靠北！


甘口：（醉醺醺）誒，還我。

夢夢：什麼？

甘口：錢你拿去，那包還我。

夢夢：我什麼都沒拿。（掏出口袋給甘口看）

甘口：那包藥。

夢夢：你喝醉了吧。（往外快步走時，甘口同時說）

甘口：／我今天要自殺。


（夢夢停下，回頭）


甘口：那是安眠藥，你偷了我就不能自殺了。

夢夢：你幹麼要自殺？

甘口：那你幹麼要偷東西？

夢夢：我就說我沒偷。

甘口：拿來。

夢夢：我沒拿。

甘口：你有。

（兩人一直重覆且重疊：我沒有、我沒有、我沒有、我沒有／你有、你有、你有、你有、你有）

均凡：你們就這樣我沒有你有、我沒有你有僵持了半小時？

夢夢：差不多吧，他滿盧的。

均凡：你也差不多。

夢夢：不能輸 OK？

均凡：然後呢？

夢夢：他輸了。

甘口：他媽的不想自殺了，你神經病啊。來我家吧。

夢夢：見鬼了為何？

甘口：你不是被討債公司逼得有家歸不得？你想死啊？

均凡：甘口說他快死了。

夢夢：蛤？

甘口：我 HIV 啦。（一邊翻夢夢的錢包）你好慘只剩四十三塊。

夢夢：H？（扳指頭一個字母、一個字母地算）ABCDEFGHIJ，HIJ？

甘口：幹沒念書喔。夢夢打火機？我要叫你夢夢。你住這邊負責打掃，很適合的交易吧。

（兩人過渡到甘口家）

甘口：我要努力等死。等死也不是沒事幹，我早上看完股票，就
　　　先喝一瓶酒，下午再喝兩瓶，晚上再兩瓶，配酒小菜隨便
　　　你買，咖喱好了。我昏倒發高燒就幫我叫救護車，說我愛
　　　滋病不用救了，直接送太平間，這樣你聽懂了嗎？

夢夢：你真的快死了？你死了股票可以分我嗎？

甘口：分你有個屁用，你再多錢還是會去偷，你是慣竊吧。

夢夢：你怎麼知道？

甘口：犯罪、外遇、得性病，大家最愛八卦了。

均凡：原本慢性自殺的甘口，一個月後，變了。

甘口：（馬密走入）早上看完股票，下午吃飯、運動、打坐、喝中
　　　藥，晚上用生薑和鹽擦澡，增加抵抗力。抓這個藥方，去
　　　買生薑，這樣你聽懂了嗎？

均凡：馬密搬來了，甘口有了變化。

夢夢：甘口很喜歡這姓馬的，我不喜歡，他太正派了。

均凡：他們認識的過程像是日劇。他們在病友團體認識。

（眾人圍一圈）

甘口：（小聲地）馬泰翔，你在畫我？

馬密：因為你剛好坐我對面……

甘口：今天很無聊齁？

馬密：有點，上次聽過了。

甘口：你是本來跟姊姊擠小套房，姊姊交男友，準備要搬家那

個？

馬密：你記得啊？

甘口：我看過的人一定不會忘記，走啦出去晃晃。


均凡：然後兩人在路上遇到兩個高中生。


高中生 1：幹，同性戀。

甘口：（低聲）不要理他們。

高中生 2、3：（叫囂，擋住看起來比較文弱的馬密，兩人做一些模
　　　　擬肛交的動作）嗯哼，嗯哼，快點來一下，我屁眼好癢。

甘口：不好意思，你擋到我朋友的路了。

馬密：不好意思借過。

高中生 1：幹你們屁眼那麼癢是有蟯蟲喔?!

高中生 2、3、4：（閧然大笑）哈哈哈哈哈！


均凡：等一下，到底是兩個還是四個？

夢夢：我忘記了，反正一大群啦。

均凡：（對自己講）總之就是遇到不良少年。


高中生：同性戀會得 AIDS！

甘口：誒我還真的有欸。

高中生 1：啥小？

甘口：AIDS 啊！


（高中生們一愣，甘口亮出口袋的刀）


高中生 2：幹，有刀怕你喔！（也亮刀）

甘口：（拿刀割破自己的手掌，血流出來）我的血有病毒，你們被噴
　　　到就死定了！

高中生 3：（略顯害怕）幹，我怕你喔?!老子是被嚇大的！

甘口：沒關係啊，可以試試。（對馬密）我是不是有 AIDS？

馬密：發病才叫做 AIDS。

甘口：他們那麼蠢聽不懂啦！

高中生 4：我知道好不好，HIV 是病毒，發病了才叫 AIDS。

高中生 2：幹你偷念書喔！

高中生 4：幹今天老師上課有教啦！

甘口：對啊，這個病不會好喔。


（甘口舉著滴血的手靠近高中生1、2、3，高中生1、2、3一直後退）


高中生 1：幹，我們不打受傷的人，有違江湖道義，撤！


（高中生1、2、3一閧而散，高中生4也跟著跑一會，然後停下）
（甘口蹲下，看著傷口，按著手臂）


馬密：你在耍什麼白癡！


均凡：然後一個高中生來道歉，甘口把他訓了一頓。


（高中生4拿著繃帶走到馬密、甘口二人旁邊）


高中生 4：對不起，我們這樣不太好。

甘口：豈止不太好，根本爛透了，每天都要面對你們這些智障，
　　　我每個月會捐款給醫學中心！你們除了打手槍還會幹麼

啊？我的一生很短，但我還是努力活著！

馬密：我現在去你們學校檢舉你們，你們死定了。

高中生4：（下跪哭泣）對不起！我錯了！


均凡：把高中生講到哭了？有這麼戲劇化嗎？

夢夢：人生就是一場戲啊小姑娘。我年輕的時候也是感化過我的
　　　仇敵，我講得他涕淚縱橫，哭成豬頭—

均凡：好喔好喔，我先寫下來。


甘口：你來跟我住吧。一個人打不贏，兩個人就打得贏了。


（甘口與馬密走到夢夢旁邊）


甘口：夢夢，他是新室友馬密，你不准拿他東西喔。


夢夢：他們買大餐回來，慶祝開始服用雞尾酒療法獲得重生，但
　　　最後大餐只有我一個人吃。

均凡：為何？

夢夢：他們都在拉肚子啊。


（甘口與馬密坐在廁所裡）


甘口：媽啊這藥吃了根本一瀉千里。

馬密：你想成把病毒排出來心情會好一點。

甘口：我已經沒東西拉了。

馬密：我問你，人生有很多不順遂，這時候就當我們放了一個長
　　　長的假？

甘口：《長假》！換我。蘋果芯不好吃吧，愛情也一樣，咬得太裡面了，你會覺得很不是滋味？

馬密：這是？

甘口：《東京愛情故事》。你輸了。

馬密：Shit！木村拓哉跟岡田准一？

甘口：木村。

馬密：你有沒有品味啊當然是准一。安室奈美惠跟宇多田光。

甘口：安室！宇多田好噁。

馬密：安室跟椎名林檎。

甘口：嗯～～安室。我很專情的。

馬密：完了完了我們不合。

甘口：（唱〈La La La Love Song〉開頭）まわれ まわれ メリーゴーラウンド～

馬密：我以爲你要唱安室的歌？（笑罵）喂！煩誒！（也加入一起唱）


（甘口與馬密亂唱〈La La La Love Song〉、安室的歌等，音樂持續）


均凡：這樣就變好朋友？

夢夢：眞的啦！變好朋友沒那麼難啦，一起拉肚子更容易！


均凡：感覺夢夢很容易把事情誇張化，但合理推測，應該就是一起克服困難、一起玩樂的好友吧。


夢夢：廁所用完了嗎？

馬密：還沒。

夢夢：我很急誒我尿在洗手臺喔。

甘口：隨便。

（甘口與馬密持續在廁所裡）

甘口：（有氣無力）苗族小孩—
馬密：苗族？
甘口：苗族小孩有癲癇的話，會被看成，神聖的疾病，癲癇病患
　　　是具有，巫師資格的，人。搞不好未來哪天，或者宇宙某
　　　個角落，HIV 是特殊的存在，可能我們可以穿過黑洞。
馬密：搞不好喔。

（沉默）

甘口：這個藥要冰誜好麻煩。
馬密：（有氣無力）你買一個保溫瓶裝冰塊。

（沉默）

甘口：衛生紙沒了。
馬密：（從隔板的縫隙丟給馬密，想起身但又想拉肚子）用完再給
　　　我。

（馬密丟衛生紙給甘口）
（兩人互相丟衛生紙）

馬密：甘口，你家太大了，連廁所也這麼大。
甘口：怎樣？

馬密：哪裡都沒有的話我們可以自己創造，我們讓這裡變成感染
　　　者自由自在的地方，想拉多久肚子就拉多久，每天燉補品
　　　燉到像在演清宮劇，吃藥也不會有人問你吃什麼藥。

甘口：好啊，跟你一起做什麼都好。

馬密：就算只能偶爾來，有這樣的地方就是天堂吧。

甘口：我還不想去天堂。

馬密：我也不想。

甘口：我們一起活下去好嗎？

馬密：你好嗯哦。


（此處感人音樂進）
（一群花樣男子上場，各自拿著啤酒瓶，持續放著音樂）
（夢夢看著男子們）


男子1：男人的重點，除了屁以外，是手。


（好幾個男子叫囂著附和）


馬密：一定要看得到指節啊才 Man。

男子2：再加上濃眉大眼就完美了。

男子1：濃眉大眼我不行，感覺很蠢。

男子3：他喜歡長得很冷淡的。

甘口：喜歡性冷感？

男子1：要是長得像窪塚洋介，性冷感我 OK。

男子3：屁～～～～你不可能～～～

男子1：我沒吃藥耶，因為怕家人會問。

馬密：醫生說可以嗎？

叛徒馬密可能的回憶錄

47

男子1：我現在數字都還好啦。

男子2：早點開始吃比較好，不要怕啦，我前B因為工作自己停藥，過世了。

甘口：樓上有好幾個空房間啊，你要不要住？

男子1：要是家人逼太緊應該要想辦法，要搬是可以搬，理由要想一下。

男子2：（突然摸男子3的胸）你奶子怎麼變大了？你偷練喔。

男子3：不好意思還在發育期好嗎。

男子2：屁啦都幾歲了！（揉胸）手感很好誒。


（其他男子爭先恐後地要摸）

（又傳出一首西洋流行金曲，瑪丹娜之類的歌，大家又跟著合唱）


馬密：大家知道衛生局有辦愛滋被單的活動，要不要參加？把一些過世的朋友的名字寫上去。

男子3：（指著男子1）寫我們啦，我跟他的朋友都死得差不多了。


夢夢：甘馬之家開始沒多久，我就離開了，因為無法融入。

均凡：為何？

夢夢：因為我不是Gay。他們講一些哪個男的很帥，開一些玩笑，我根本聽不懂。雖然我很欣賞甘口，他後來也很少去打撞球了。在那邊我格格不入啊。

均凡：就是一個異性戀跑到同性戀裡面的感受吧。

夢夢：我跟甘口我們是邊緣人夥伴，但他在那邊一點都不邊緣。他很主流。

均凡：哈哈哈哈，主流！

夢夢：而且我怕我會忍不住偷他朋友的東西。

均凡：你從來沒有偷他們的東西喔？

夢夢：從來沒有，因為我是甘口的大哥，大哥怎麼可以動小弟的東西?!那我要先去看醫生了。

均凡：喔，好。

夢夢：（指指頭上戴的毛帽）我癌症啦。

均凡：（驚訝）你看起來氣色很好……。

夢夢：（想了想，又說）我前幾年遇過馬密，聖誕節他在教會的門口點蠟燭。我剛做完化療，手上掛著點滴瓶，馬密也看到我，他把錢包拿出來放在旁邊，繼續點蠟燭。我突然懂了，他想讓我偷。（走近馬密）我很慢地把鈔票抽出來，我轉身就走。

（馬密沒有看夢夢，等著夢夢手腳遲緩地把鈔票塞進自己口袋）

馬密：你還是好身手，一點都沒有變老。

夢夢：等他走到我看不見的地方，我眼淚就掉下來了。他一直都是很善良的人。但已經是一個完全不一樣的人了。

均凡：在哪個教會遇到馬密的？

夢夢：一千。

均凡：什麼？

夢夢：去醫院計程車來回要一千。

均凡：喔，喔。（拿出一千元鈔票）

夢夢：謝囉。那我去看醫生囉。

（均凡看著夢夢離去，珍妮跟阿凱一起上場）
（珍妮跟均凡約在誠品敦南店碰面，行人來來往往）

## 之四：珍妮的美女與野獸論


珍妮：不好意思，我回臺灣行程太趕了，順便幫朋友挑禮物。

均凡：沒關係一起約很方便！

珍妮：妳就是阿凱的姪女啊，妳長得很美誒，比阿凱好看。

均凡：啊、沒有啦——

珍妮：不要放在心上啦我就是說話實在啦。妳叔叔跟馬密剛開始
　　　交往那一段我太清楚了，很像 Beauty And The Beast 吧，
　　　明明害怕對方是野獸但還是愛上了他。
　　　我們那時候晚上睡不著都到敦南誠品，說實話我們一開始
　　　是抱著獵奇的心態。


阿凱：（神神祕祕地）我認識了一個 HIV 帶原者。

珍妮：真假？他臉上有紫色的斑嗎？

阿凱：那是發病了才會長啦，亞洲人很少會長卡波西氏肉瘤。

珍妮：你怎麼知道他是？

阿凱：我聽說的啊。聽說是初戀傳給他的。

珍妮：也太倒霉了吧！感覺一輩子有陰影。

阿凱：但他看起來很開朗誒。

珍妮：你跟他混熟下次拍照給我看。


均凡：（日記）「在聚會上認識了一個人。他叫凱。笑起來很好看。
　　　我好像又開始期待什麼。我約他看電影，他好像一直在偷
　　　看我，應該不是我的錯覺吧？十二部電影，十次晚餐，活
　　　著真好。」

阿凱：他約我去他家誒！

珍妮：他是不是喜歡你？

阿凱：我們是有看了幾次電影啦。

珍妮：幾次？

阿凱：兩三次⋯⋯。好啦五六次。

珍妮：絕對是兩倍，不只十次。看電影前有吃飯？看完還去散步？

阿凱：誒—

珍妮：這根本是約會！

阿凱：他是真的滿不錯的啦！

珍妮：可是⋯⋯這樣打炮怎麼辦？

阿凱：哎唷，我又不急著交往工作比較重要啦。（頓）其實他等一下會來找我。

珍妮：什麼？

阿凱：他來了。


（馬密從轉角出現）

（阿凱露出微笑，揮手）


均凡：（日記）「應該要坦白。甘口說不用，為什麼要跟一個還沒那麼熟的人講私事？身體狀況就是私事。可是如果拖越久才說，他一定覺得我騙他，但要是現在說了他不能接受怎麼辦？」


（這段日記中，此時韓劇慢動作般，抒情曲進，兩人面對面慢動作走近，在街角遇見，接過 VCD）

（拿過 VCD 後，恢復正常速度）

珍妮：阿凱，你喜歡他。

阿凱：什麼？哪有啊！

珍妮：我看到你們周遭的速度慢下來了，那是戀人才有的慢動
作。（對均凡）這是我的特異功能，看得到戀人的速度。
（頓）屁啦妳信喔！

（插入影片《戀人的速度》：阿凱、馬密、珍妮、均凡遊走在行人當中，
有的是路人，有的是敦南誠品外面的小販，販賣眼鏡、手鍊、石頭
等等，彷彿一個時間輪迴，眾多的回憶碎片都在這個遊走中穿梭）

珍妮：要是妳知道阿凱當初跟馬密在一起，思考了多少事情，妳
就知道他也付出了很多。

阿凱：我在想是不是我搞錯了，他沒有感染，他一點也不像生病。

珍妮：你去問他吧，如果他也喜歡你他會說的。但如果他堅持說
沒有，你會相信嗎？

馬密：你主動約我誒好難得。

阿凱：沒事啦就是有一些問題。

馬密：什麼問題？

阿凱：我有個好朋友最近驗出 HIV 陽性。（看馬密的反應）

馬密：是嗎？那要照醫生指示，該吃藥就乖乖吃藥。

阿凱：你對於 HIV 的人有什麼看法？

馬密：那你有什麼看法？

阿凱：嗯嗯我比較想先聽聽你的看法。

均凡：（日記）「今天他繞來繞去一直問我 HIV 的事情。到底什麼時
候才是該說的時機？有人會想跟一個劈頭就說『嗨我 HIV』

的人交往嗎？」

阿凱：有一件事是這樣的，我可能搞錯了我先道歉，我聽說你好
　　　像是 HIV 感染者，哈哈，我很智障吧。（眼神不敢看向馬
　　　密）

馬密：不用道歉你沒有搞錯。（邊哭邊說）我一直很想告訴你，
　　　我很抱歉，但是我不敢，我很喜歡你，我怕連朋友都當不
　　　成，我也不想害你，要是真的有發生更多的接觸，我一定
　　　會跟你講，希望還可以跟你當朋友……

（阿凱拍拍馬密）

阿凱：我要想想。

珍妮：凱說暫時不會跟馬密聯絡了，他不喜歡被騙。

均凡：（日記）「甘口告訴我，不要妄想了，我們只能找同類談戀
　　　愛。」（馬密持續哭泣。馬密與阿凱互相走過、交錯）

阿凱：哎，他看起來很難過……妳覺得我要跟他解釋我不是討厭
　　　HIV，是討厭被騙嗎？

珍妮：會問出口的問題不是心裡都有答案了嗎？是誰跑去臺大掛
　　　感染科問醫生跟感染者怎麼交往的問題？還做筆記？

阿凱：哎，我家人好不容易接受我是 Gay，我怎麼一直給自己找
　　　難題啊……（往前快走）

均凡：（日記）「已經連續兩個禮拜，半夜不知不覺走到誠品敦南，
　　　還是沒有看到凱。」

（路人彈吉他唱歌，馬密拿起一張CD，阿凱出現在旁邊，付錢拿過CD）

阿凱：（對馬密）給你。

CD 小販：謝謝。

阿凱：你想要《新世紀福音戰士》原聲帶齁？你看很久。

馬密：其實我沒有要買啦只是看看，就是，因為來這邊，只是想看你有沒有來，要假裝有事……所以原聲帶的錢我——

阿凱：（兩手放在口袋）左手右手，選一個。

馬密：右手是原聲帶，左手是？

阿凱：選一個嘛。

馬密：那左手。

（阿凱從左邊口袋掏出鑰匙）

馬密：你家的鑰匙？

阿凱：才不是鑰匙，是要給你史努比項圈。（作勢要拆鑰匙）

（珍妮拿走阿凱手上的CD，播放，《福音戰士》劇中的〈卡農〉音樂響起）

馬密：喂！（搶走鑰匙）這是什麼意思？

阿凱：（又拿出一副鑰匙）你那個是新打的鑰匙，我家的，要收好喔。

（馬密將鑰匙塞入口袋，緊摟著阿凱並肩走著）

（快速的場景，有人開始在地上寫標語、將一塊一塊拼成的愛滋被單拖出來，有人舉著大字報，有人將頭帶綁在頭上）


（阿凱跟馬密一個場景換過一個場景）
（換過兩、三個場景後，甘口加入遊走路人的行列）


遊行吶喊：愛滋除罪化！工作權是人權！

　　　　　我們都是一樣的！

　　　　　病毒最平等，不管你愛男生還女生！

　　　　　愛愛用套套，不管你幾號！

　　　　　愛滋是生病不是犯罪！

　　　　　正視副作用！可以吃藥，誰會拿生命開玩笑！


珍妮：（置身遊行場景中）阿凱跟馬密交往以後，他也一起參加了甘
　　　馬之家的活動，抗議國外開發了更好的新藥，臺灣卻遲遲
　　　不引進，抗議健保卡換成 IC 卡註記感染者身分，怕電腦一
　　　查身分就曝光。


（阿凱、馬密、甘口跟一些人圍成一個圓圈）


阿凱：我是感染者伴侶，交往到現在我完全沒有感染，當然該做
　　　的都做了吼！（笑）我希望更多像我這樣的人可以出面，讓
　　　大家知道一般交往完全沒問題。當然他太晚睡、喝太多可樂
　　　我還是會唸他，他也會怕不能像其他人一樣陪我一輩子，
　　　所以更珍惜現在的時光……（場上眾人微笑鼓掌）
夥伴：阿凱很歡迎對跟感染者交往有疑慮的朋友加入討論，我第
　　　一個報名。
馬密：有一個科學實驗，小猴子出生後被帶離母親身邊，給他一

隻布偶，小猴子會每天抱著布偶把它當成母親的替代品。所有動物都有擁抱的需求，有人敢擁抱你、親吻你、跟你做最親密的交流，就是最大的肯定，好我鋪這麼多哏其實是後面有人要上來表演〈擁抱〉這首歌—

甘口：表演結束之後是我們的電影時間，《費城》。


珍妮：阿凱有一次回家，HBO正在重播湯姆漢克演的《費城》。

均凡：我記得，那天我也在。


（均凡跟阿嬤看電影，阿公在打拳。儘管是阿公阿嬤，但年紀沒有很大，兩人看起來都是知識分子）


均凡阿公：男主角是得了什麼病這麼嚴重？

均凡阿公：我沒在看我哪會知道。

均凡：愛滋病。

均凡阿嬤：是嗎？

均凡：前面有演啊阿嬤。


（頓）


均凡阿嬤：凱凱啊，你在外面交朋友要注意。

阿凱：這部片的時間是雞尾酒療法出來之前，現在已經不一樣了。

均凡阿嬤：知道啦，小心一點總是好的。（頓）凱凱，我看你桌上有時候有一些這方面的傳單。

阿凱：我有幾個這樣的朋友。

均凡阿嬤：怎麼會認識？

阿凱：我有時候會去，醫院當志工。

均凡阿嬤：當志工滿好啊，你從小就抵抗力差容易過敏，不要逞
　　　　　強。

阿凱：哈哈不可能感染啦。！

均凡阿嬤：我有幾個醫療級口罩，你下次去醫院可以戴著。

阿凱：你們這樣很蠢耶！那不會空氣傳染。

均凡阿公：你媽是擔心你啊。

均凡阿嬤：接觸病人本來就要戴口罩啊，我也沒有叫你不要去啊。

均凡阿公：你媽為了你看了很多資料，你這樣講話。

阿凱：好啦好啦。

均凡阿嬤：有的人生病之後想法會跟一般人不太一樣，少數比較
　　　　　偏激的會故意報復社會，新聞都有報，你要注意。

阿凱：那些新聞根本就是故意製造社會恐慌。

均凡阿嬤：一定事出必有因才會報不是嗎？我們也不是阻止你，
　　　　　你想做什麼就做什麼我們也沒說什麼啊，只是希望你小心
　　　　　保護自己，畢竟身體你要用一輩子，你兩個哥哥都結婚
　　　　　了，等我們老了以後沒人照顧你。

均凡阿公：妳也不要瞎擔心，我們凱凱很聰明很有分寸的，他幼
　　　　　稚園搶不到盪鞦韆就很知道—

阿凱：（打斷）好啦好啦我最聰明最可愛啦，Kiss。（親媽媽的臉）

均凡：我也要！（親阿凱）


珍妮：阿凱說你們家感情很好。

均凡：特別叔叔又最得人疼。所以叔叔慢慢跟家裡拉開距離，他
　　　們都很失落。

珍妮：據我所知阿凱一直都很有信心，就算一時無法說出口，他
　　　都相信未來有天一定可以帶馬密回家。或許也可能是他選
　　　擇在我面前表現出很正面積極的樣子吧。

（甘口走到阿凱身邊，坐下，遞給阿凱一瓶臺灣啤酒）

甘口：心情不好？

阿凱：我跟我家人一起看了《費城》。

甘口：一個跟疾病有關的故事，一定要有人死掉，不然不值得
　　　拍。電影圈什麼時候會拍一個我們都活下來，有脂肪肝、水
　　　牛肩、長藥疹、中年肥胖、其貌不揚的故事？歹勢不是有雞
　　　尾酒療法了？

阿凱：這還真的不會有人投資。

甘口：也是啦。好喔我知道了。

阿凱：知道啥？

甘口：一定就那樣啊你跟家人能多說什麼嗎?!

阿凱：嗯，你不要—

甘口：我不會跟馬密說。

阿凱：謝啦，我覺得有點抱—

甘口：不用道歉。（頓）要啤酒嗎？

阿凱：我—

甘口：喝吧。（乾杯的動作）不要想太多，你本來就沒有義務要為
　　　誰犧牲奉獻，感染者有好人有壞人，你有時候有勇氣有時
　　　候沒有，藏著一些不能說的事情，每個人都是這樣。

阿凱：這是我要的嗎？五年後我想繼續現在的生活嗎？公司要升
　　　我做組長，會占去我更多時間……我很愛他，也很支持參
　　　加抗爭、辦講座，但是我也想帶家人出國，想買休旅車，想
　　　收集臺灣古道……

甘口：臺灣古道？

阿凱：我喜歡爬山，我……不是那麼擅長討論嚴肅的東西，我覺

得我跟不上。（頓）我不喜歡我開始計較了，計較我付出多少、能不能換來我想要的生活……。

甘口：我不知道怎麼回答你誒。我們不太能去想五年後要什麼生活房間的牆要什麼顏色要不要養狗畢竟撈到一年是一年。

阿凱：（頓）可是理論上來說吃藥控制跟一般人一樣。

甘口：那也只是個說法而已。根本還沒人活到這麼老，這個病出來也才幾年。你能想像吃這些藥吃一輩子到老又高血壓又癌症又失智會怎樣嗎？我會有一大桶吃不完的藥，我甚至不知道我的身體能不能負荷再多一種病。我跟你說到底就是兩種完全不一樣的種族，對，種族，你的 HP 是從一百開始我們只有五十，我們的時間感不一樣，曾經跟死亡面對面的時間感，要等到你老了生病了才會第一次感受到我的感受，在那之前跟你講再多也沒用，不管你跟馬密、你跟我再親近，也沒用。你有大把時間可以浪費，所謂浪費就是你在浪費時間的時候根本不知道自己在浪費，我知道我沒那麼快死，卻沒辦法想像我的六十歲，沒那麼多，四十歲就好，我肝發炎怎麼辦？我胃潰瘍怎麼辦？牙周病怎麼辦？HIV 的身體得各種病治療起來會多麻煩？就算我都沒發病，有人會真的愛我嗎就算知道我未來會變成他的負擔？我能承受社會的不友善多久？我還能隱瞞我的家人朋友多久？如果我一直隱瞞下去，他們還會是我的家人朋友嗎？他們會在我哪一天昏倒送醫時才從醫生口中知道我是 HIV 嗎？你知道我的感覺知道馬密的感覺嗎？我們做的這些無非是讓我們、讓我們身邊的人好像可以看到一點點自己四十歲的樣子，再清楚一點點就好，結果你在這邊說什麼追尋自我臺灣古道？

（沉默）

阿凱：我先跟你道歉……

甘口：／對不起我喝醉了。

阿凱：（頓）我可以說兩件事嗎？

甘口：你說。

阿凱：我對馬密、對你的四十歲很有信心的，六十歲相約一起爬山也沒問題。沒信心的是你吧？只是情侶間的小抱怨你也可以這麼玻璃心講一大堆。

甘口：我玻璃心？OK 我承認我玻璃心。第二呢。

阿凱：一定很多人愛你，如果有一天你男友提分手絕對不是因為HIV，是你脾氣太差。

甘口：哈。（頓）那我也說一件事。

阿凱：什麼？

甘口：你聽了就忘記囉。短命的人愛要說出口。
我喜歡你。（與阿凱兩人對看）


均凡：原來是這樣。

珍妮：妳不只是想知道妳叔叔的事情才來問他們以前的事吧？

均凡：嗯？妳是說？

珍妮：我看得到人身上的速度，妳的狀態絕對不只是好奇而已。騙妳的啦，通常會想要一直追同一件事情，一定跟自己多少有點關係吧？

（頓）

均凡：其實就是想看看以前幫過我的人，我叔叔，還有，（頓）因

爲馬密叔叔的幫助，我才能度過一個很大的難關，都沒人
知道這件事。（笑笑，沒有要繼續往下說的意思）

珍妮：嗯嗯。妳找到他們的話，再跟我說。來美國可以找我喔，
但我可能很忙沒空招待妳，妳自己玩，哈哈。

## 插曲：那些沒有聯繫的


（影像入：許多道路上的風景）

均凡：「爲什麼妳要做這個訪問？」我遇到幾個人這樣問我，他們有的說不認識馬密跟阿凱，不知道自己的聯絡方式爲什麼會出現在日記裡，有的說認識，但想不起來有什麼值得分享的事。

然後有人問我，爲什麼妳不直接去問你叔叔？

我這時候才突然想起，從什麼時候開始，我沒辦法直接問叔叔了？

應該是叔叔離開甘馬之家，要搬去臺南的時候，阿嬤他們反對，懷疑叔叔交了壞朋友，他們沒有用感染者這個字，但叔叔支支吾吾，無法解釋朋友生了什麼病，要回家靜養，爲什麼他一定要搬去臺南。他們爭執到一半，我吵著叫叔叔帶我去買飲料。

路上，叔叔說謝謝我故意叫他出來，然後他哭了。

我知道他哭了，我什麼都沒有問。

我覺得我要是問了，就要承擔一個很大的祕密。

我不知道我能不能一直承擔，叔叔一直都像爸爸像哥哥一樣照顧我，我突然不知道該怎麼照顧他。

我那時想著，我還有期末考，還要補習，我應該要專心念書。

叔叔問我最近學校還好嗎？我們一直都不客套的。但我只說，很好。那是我開始對叔叔說謊的瞬間。要面對別人複

雜的人生好大啊，我們可不可以先買飲料？

也可能只是太熱，也可能是我那時只想著數學成績很差，可能想著哪個同學愛炫耀很煩。

但不管怎樣，我沒有問，我沒有力氣，我只能假裝他沒有哭。

那天之後，我就再也無法像小時候，什麼話都直接跟阿凱叔叔說了。

## 之五：志工Ｂ說了跟陳太太在公園對峙的故事

（陳太太、志工Ｂ、馬密、甘口，四人站在公園當中呈現對峙狀態，甘口提著一袋塑膠袋，馬密拎著高跟鞋斷掉的鞋跟，志工Ｂ穿著藍白拖，手上抱著一個小甕，陳太太穿得珠光寶氣，腳上沒有鞋。均凡看著他們）

（此段中每個人對峙，但各自有內心戲）

志工Ｂ：我的代號是志工Ｂ，因為一些原因我希望匿名，請不要提到我的名字。

在阿凱升上組長之後，他們缺人手，我正在寫相關論文，去當志工，有個定時會來聚會的感染者陳桑，那天陳桑太太突然找上門說要告我們，原本約好要在對面的咖啡店談判，但老闆疑似SARS被隔離了，想穿過公園找別間，走到一半陳太太的鞋跟斷了，她說那雙鞋她十年沒穿了。

甘口：呃，現在怎麼辦？

馬密：還是我們就在這邊談？

志工Ｂ：我介紹一下，這位是陳桑的太太，這邊是妳要找的甘口跟馬密。陳桑太太剛剛找上門，要控告你們蓄意傳播愛滋病毒，跟她老公通姦，詐騙她老公的錢。是這樣沒錯吧？

陳太太：他是愛滋病不是肝硬化，叫他不要再騙了，我都知道了。

馬密：陳桑來的時候已經病得很嚴重了，錢─

甘口：錢的部分只是陳桑應該支付的看護費。

陳太太：是你們傳染給他的吧？

志工Ｂ：妳先生身體狀況很差，不可能跟他怎樣。

陳太太：得這種同性戀的病……

馬密：所以這不是只有同性—

陳太太：爲什麼他這麼多年來要跟我分房睡，好啊我終於知道
　　　　了。（揮揮手機）這裡面都是這個甘口，有病還約炮開趴的
　　　　證據！我要找記者！

馬密：（低聲對甘口）你的備用機怎麼在那？

甘口：（低聲）我之前先借給陳桑了。

馬密：（低聲）你是跟誰約無套嗎？

甘口：（低聲）有講好就無套啊……

馬密：（低聲）靠你到底在幹麼啊。（與甘口對峙）

陳太太：（對志工Ｂ）借我一下。


（志工Ｂ把手上的甕遞給陳太，陳太太坐在甕上）


陳太太：鞋子都壞了也不會想說要找個地方坐。這裡面是什麼？

馬密：那是我醃的蘿蔔。

志工Ｂ：我要帶回家吃。

陳太太：醃蘿蔔只有用美濃的白玉蘿蔔才好吃。

馬密：我下次注意。

陳太太：還有下次？我下輩子都不要再看到你！


（旁邊一顆球滾過去）


路人：可不可以幫我撿一下？

（四人看向球，馬密去撿球）

志工 B：馬密對甘口有很多不諒解，他覺得甘口放縱自己自私的
　　　　慾望，造成大家困擾。

（以下在公園的對話過程中，旁邊有幾個人在打太極拳）

路人：（接到球）謝謝！（離去）

陳太太：我先生說，他是幫人家剪頭髮感染的，這是眞的嗎？

馬密：我不知道他怎麼感染但剪頭髮絕對不可能。

陳太太：那他就是 Gay！

馬密：是 Gay 又怎樣不是又怎樣！

陳太太：我要告你們！我要精神賠償五十萬！誰知道是不是你傳
　　　　染給我先生的！

甘口：（抓住馬密到旁邊，低聲）等一下你不要激怒她，萬一她拿我
　　　的手機簡訊報警怎麼辦？

馬密：會怎樣嗎？

甘口：我們就是跟她妥協啦，不然我會有麻煩。

馬密：怎麼妥協？

甘口：就照她原本的說法是剪頭髮感染啊。

馬密：你不要在那邊亂約就沒事了啦。

志工 B：陳太太手機麻煩再借我看一下。

陳太太：（把手機攬在懷中）我老公是不是 Gay？

馬密：我不知道！

陳太太：那他怎麼會找你們？你們不是他的小男朋友？

馬密：只是在醫院遇到！

陳太太：（越來越激動）他是 Gay 吧？不然爲什麼要分房睡？

志工Ｂ：請妳冷靜一點，陳桑感染跟他們沒有關係。

陳太太：那你敢不敢驗？我律師說可以去驗病毒，看你們病毒一
　　　　不一樣就可以知道是不是你傳染的。你敢不敢？不用擔
　　　　心，我早就懷疑他是同性戀了，很多人說妳嫁個老公這麼
　　　　斯文帥氣，誰知道吼，床上很不行啦⋯⋯

志工Ｂ：我後來才知道，她只是想要證明她老公是 Gay 而已。這
　　　　樣一來她就可以解釋為什麼她老公對她沒性趣，為什麼分
　　　　房睡，可是就算這樣也不能證明陳桑是同性戀。當我這樣
　　　　跟馬密說的時候，馬密聽不進去，他對甘口很生氣。

馬密：所以你是要跟那個女的妥協？

甘口：這也不是第一次，以前還有交往對象威脅我不能分手，不
　　　然就要公開我的病情。

志工Ｂ：有這種事？

甘口：對啊生病了容易被欺負，特別是這種病。

馬密：怎麼我就不會被威脅，你就會？你行為不檢點吧？

甘口：你說什麼？

打太極拳的人：不好意思，這個時段是我們團練的時間，你們可
　　　　不可以移去旁邊一點的地方？

（四人面面相覷）

甘口：所以是我要抱妳過去嗎？

志工Ｂ：我抱也可以啦。

陳太太：我自己走，我這個衣服很貴的，不要弄皺了。

志工Ｂ：阿姨平常都穿這麼漂亮出門喔？

陳太太：我難得跟陌生人見面，不能輸，不穿得漂亮一點怎麼可
　　　　以？就算你們覺得我是瘋婆子，我也要當個漂亮的瘋婆
　　　　子。（對志工Ｂ）你看得出來我穿得很漂亮，你應該不是同
　　　　性戀吧？

（志工Ｂ七手八腳地想扶陳太太起來）

甘口：我們先去丟廚餘。（揮揮手上的袋子）

志工Ｂ：我扶著陳太太，我們換到公園的涼亭，這時馬密打給在
　　　　醫院的陳桑，要弄個清楚。陳桑講幾句話就會喘，但他還
　　　　是在電話中哀求馬密。

陳桑：拜託……幫我騙……她，我有小孩……還有家人，我不
　　　能……丟這個臉……，我快……死了……拜託……（掛掉電
　　　話）

甘口：你就幫他一次吧。

馬密：同意剪頭髮會感染這種話，完全就是違背我們的良知。

甘口：那你就不管我死活？我那手機訊息傳出去，跟我上過床的
　　　都可以告我殺人未遂誒，那個該死的第二十一條。

馬密：你幹麼要一直約？你不是也很想找個穩定的嗎？

甘口：哪這麼容易啊？誰像你！

馬密：所以你要接受這種說法？繼續讓這種偏見加重？從你的口
　　　中說出剪頭髮感染，跟摸到公共電話裡面沾血的碎玻璃會
　　　得病，一樣愚蠢！

甘口：你想害我坐牢？跑法院？（頓）其實剪頭髮感染這個說法是
　　　我教陳桑的，如果不想被別人知道，要自己編個說法，反

正這世界誠實沒好事啦！

志工Ｂ：我們在這邊等一下他們。

陳太太：我再怎麼說也是跟他生活一輩子的女人，他幫我跟小孩
　　　　買了好多保險，以前保險多便宜啊，小孩大了，他也有
　　　　自己的生活，其實如果他早點告訴我，我一定會幫他查清
　　　　楚，他就不會生病了，一夜夫妻百日恩，也不希望他死得
　　　　這麼難看……

志工Ｂ：阿姨，那如果妳先生不是同性戀呢？

陳太太：（愣住）那爲什麼要這樣對我？（哭了起來）


志工Ｂ：我發現我好像問了一個很不妙的問題。可能不管到幾
　　　　歲，陳太都無法理解爲什麼身邊的男人這麼長久以來對她
　　　　沒有慾望吧。我知道他們是相親結婚，陳太太長得並不好
　　　　看，陳桑很帥。我不能理解哪個比較讓陳太太難過，究竟
　　　　是丈夫快死了？還是丈夫其實是 Gay ？還是丈夫其實不是
　　　　Gay，只是從來沒有愛過她？

均凡：（日記）「陳桑過世，改變了很多事。我跟阿凱抱怨甘口，
　　　　他竟然幫甘口說話，說陳先生快死了就順著他，也要保護
　　　　甘口不要出事。我不能理解甘口跟阿凱的鄉愿。他們說服
　　　　陳太太，陳先生剪頭髮感染，陳先生很無辜、很可憐、不是
　　　　Gay 也沒有嫖妓，陳太太滿意地回去了。我跟他們冷戰了
　　　　一個月。甘口沒有學到教訓，還是一樣。
　　　　然後我跟他有了第一次大爭吵。」

（昏暗、音樂、舞曲、酒池肉林，馬密把甘口抓出來，裡面持續酒
池肉林）

甘口：誒怎樣啦！

馬密：（抓住甘口）你還要幾個陳太太來找碴嗎？爲什麼不自制一點？

甘口：爲什麼我要自制？

馬密：因爲我覺得這裡的初衷不是讓你揪一群人來打炮。你到底在幹嘛？這樣你開心？

甘口：我做這些不是爲了開心，我是沒辦法。

馬密：爲什麼你要過這種生活？

甘口：我就是很想做不行喔。

馬密：你之前喜歡的那個人呢？

甘口：出來玩的沒有一個認眞的啦！不管我有沒有生病我都是這樣的人，我不想要因爲生病，就改變自己，我也有跟他坦白過啊，他就疏遠我啦。不是每個人都像你這麼幸運啦！

馬密：你一直過這種生活最好能遇到對的人啦！

甘口：你才是吧！你一直過這種淸教徒生活，阿凱受得了？醫生說要口交戴套你就戴，吸塑膠棒喔？

馬密：（推甘口）幹！誰跟你說的？

甘口：還會有誰！

馬密：他爲什麼要跟你講這個？

甘口：我現在是在幫你好嗎，不能一直這樣下去吧，蛤，模範情侶?!

（馬密揍了甘口一拳）

均凡：（日記）「人類就算罹患絕症，只剩一天的生命，也不會讓他們的靈魂變得更高貴，他們不是耶穌。」

到這裡，這是馬密的日記第一次提到耶穌。

（幾個人圍坐著唱聖歌）
（電話響起，但不需要演出接電話）
（均凡彷彿拿著鏡頭採訪馬姊姊，兩人隔著鏡頭）

## 之六：教會的馬姊姊

馬姊姊：妳用這個名字是找不到他的，他現在都用他的本名馬泰
　　　翔。我是馬泰翔的姊姊，這是很久以前的事情了，我覺得
　　　妳可以問問看我弟他現在什麼想法。

　　　他一直都被他以前的朋友說成是什麼，對不起他們、背
　　　叛他們，特別現在他又去了教會，但人一生會遇到什麼
　　　安排，真的很難講的，你不可能一直維持同樣的身分、
　　　一直付出，他跟他以前那群朋友，成天混在一起生活太
　　　緊密了，太多愛恨情仇感情糾葛，搞到後來，原本好的
　　　事情都變得不好了。你就不能專心養病，好好工作，該
　　　抗議的時候就去抗議嗎？哪這麼多力氣成天愛來愛去罵
　　　來罵去？

　　　但是他現在就是笑笑地說都過去了。其實齁我本來就知
　　　道，馬泰翔再怎麼被罵都不會說什麼的。馬泰翔是一個
　　　非常善良的人，我們家以前小時候在吃飯的時候，看到
　　　那個電視上說非洲小孩沒有飯可以吃，馬泰翔嘞他就把
　　　碗裡的飯菜夾進紙箱，說要寄到非洲去拯救那些難民，
　　　怎麼勸都勸不聽，然後最後被大人打一頓，打到哭了，
　　　他再去紙箱把裡面的飯菜夾回來吃掉。真的，他就是本
　　　性這麼善良的一個人！我們當然就不捨得啊，他一直遇
　　　到一些很不好的人，你叔叔算是很有禮貌的，第一個，
　　　那個朋友傳染給他那個，那個最爛！講到現在還是氣，
　　　泰翔生病了也不敢講，因為我們家信教，他現在也很後
　　　悔，要是早點認識耶穌的愛，就不會不敢告訴我們，自

己痛苦這麼多年。

哎我一直覺得他生病是我害的，我們家以前開 KTV，庭園式，有小木屋跟包廂，滿風光一陣，熱炒更是遠近馳名，全盛時期你一開包廂就先送三樣熱菜一手啤酒，以前真的很賺。後來是地方上很多人把包廂當摩鐵，有的人一起去開摩鐵會被講話嘛！你看一個結婚的、一個沒結婚的、很老跟很年輕的，能看嗎？一開始睜隻眼閉隻眼，反正客人在包廂幹麼我們也管不著。應該是這樣吧，年輕人都不來，好樂迪開起來苦撐活撐還是倒了，真的不能走歪路。

我爸媽後來開始做點心賣給老家附近的教會，他們也真的買很多，我們週末回家都會去教會幫忙，教會真的是讓我們重新站起來。我跟泰翔在臺北一起住一間小雅房，沒錢嘛，一起住一定會有摩擦。


（馬姊弟在門口呈現對峙姿態）


馬密：好啦是我忘記買衛生紙的，我去買。

馬姊姊：我下班回來都這個時間了，你每次都忘記，你是在忙什麼期中考不是都考完了嗎？

馬密：（一邊走）好啦～～誒姊，妳男朋友要來找妳的話，他可以住下來，我就住朋友家，太麻煩了。

馬姊姊：是怎樣，跟我賠罪嗎？

馬密：我也有朋友啊～～


（馬密走出去）
（一個男生走進來環抱著馬姊姊）

（隔壁情侶傳來吵架聲）

（另一個男生跟馬密擁抱）


女：你去爬山啊！去啊！整天只想爬山！

男：我又不是沒拿錢回家！爬個山都不行？

女：你去啊，順便把你爸媽一起帶去啊！去了就別回來了！


（碰撞拉扯聲，安靜一陣）


女：不去了？

男：家裡就有山，幹麼千里迢迢去爬山……（淫穢又下賤地）大霸
　　尖山、劍山、南雙頭山、合歡山、雪山、火炎山、好高的玉山、
　　沒有三兩三怎敢上梁山……（兩人越來越激情）

女：放手，王八蛋，套子沒了？

男：還是說先不要……？

女：好啦先不要……

男：妳手在幹麻……？

女：就不要啊……

男：不是說不要嗎妳在幹麻……？

女：好啦今天不是危險期，明天再去買避孕藥，順了你的意了王
　　八蛋。（頓）


（馬密一邊走，後面男女浮誇的做愛音效）


馬姊姊：我覺得我弟生病是我害的，妳看要是好樂迪沒有開，我
　　　　們家沒有倒，我也不用上臺北跟他擠，泰翔也不會到朋友
　　　　家住，認識那個男的。啊這些妳不要跟他說，妳問他，他

只會生氣，說他本來不覺得自己很慘，我越講他才覺得自己很慘。

我其實很高興他走回正軌。我們不是不贊成同性戀，我們只是不贊成同性戀的生活模式。

均凡：妳說的正軌是？

馬姊姊：那天他突然來找我，來我們教會。他以前大概兩三個月跟我聯絡一次，但不太講他的事情，我後來才知道他那天心情很差。


馬密：姐。

姊姊：誒，好難得，你竟然會來。

馬密：還好吧很難得嗎？

姊姊：最近怎樣啊，工作很忙嗎？

馬密：還不錯，只是來看妳過得怎樣。

姊姊：等一下團契結束再聊？

馬密：嗯。


（幾個人圍成一圈唱詩歌）

（馬密一起坐著聽，他跟阿凱的訊息內容的聲音進）


馬密：模範情侶是什麼意思。

阿凱：什麼什麼意思？

馬密：你知道的。

阿凱：哎我不是那個意思，只是有些事情一討論你就不高興嘛。

馬密：有嗎？比如說？你們聊了什麼我不能知道？

阿凱：也沒有什麼。

馬密：你愛上他了？

阿凱：沒有。

馬密：你愛我？

（沉默）

阿凱：嗯。

馬密：為什麼過這麼久才回？

阿凱：你看你又在咄咄逼人。

馬密：我沒有我只是想要你講清楚。

阿凱：有些事情還沒辦法那麼清楚。

馬密：這樣我會很不安。

阿凱：我覺得我盡量忍耐，但你沒有。

馬密：什麼意思？

阿凱：比方說，我有時候也是會想要射在裡面或是喝下去之類的，你不用急著擦掉好像很怕。

馬密：你一開始就知道我是這樣的。

阿凱：對我知道，我照你的意思去做。

馬密：那你可以去找一個普通人啊。

阿凱：我沒有那麼想，我只是覺得你自己都怕東怕西，整個會很不順暢。

馬密：我前陣子換藥，病毒量又變多，你都知道。

阿凱：不只前陣子，影響的也不只是性。

馬密：那是怎樣？

阿凱：我需要變得很依你為主，當然這也是我願意的，早睡、早起、生活起居，在你這個圈子的朋友眼中維持一種良好形象。

馬密：所以？交到我這種算你倒楣。

阿凱：我沒有覺得倒楣，我就是不喜歡你要講一些，那你去找個
　　　普通人這種話。你這樣都是在放大絕，我就是這樣啊、不喜
　　　歡拉倒，根本無法討論。

馬密：那你跟甘口講是怎樣？

阿凱：好我很抱歉，除了他我能跟誰講？路上隨便抓一個幫你出
　　　櫃？

馬密：要講大家來講啊。你喜歡跟他出去？

阿凱：不是。

馬密：那是怎樣？

（沉默）

阿凱：我只是需要喘口氣。

（沉默）

馬密：我聽起來你只是很想體內射精。

阿凱：我現在在上班無法一直跟你吵架，你冷靜一下。

馬密：跟我做很無聊是不是？

（阿凱沒回）
（聖歌中，馬密哭了起來）
（教會弟兄一起握住馬密的手）

教會弟兄：在上帝的歌聲中，祂展示了祂的憐憫與愛，我們今天
　　　　　有個新來的弟兄，帶著人世間的痛苦而來，我們不知道他
　　　　　的苦痛，上帝知道，上帝會指引你該前往何處。阿們。

（歌聲停止）
（訊息聲，場上不動）

馬密：哈囉。

警察 2：請問你是？

馬密：我是方耀凱的現任男友，請問現在會打擾到你時間嗎？你可能沒印象，我們兩三年前在夜店看過你，你來執勤。

警察 2：喔，那天遇到方耀凱，怎麼了嗎？

馬密：阿凱他是很容易兩段感情 Double 在一起的嗎？

馬姊姊：為什麼一般人都可以兩個人白頭偕老，同性戀就很難？一定要這麼多性愛證明自己受歡迎就對了？我覺得馬泰翔只是想找一個人好好在一起。哎我真是搞不懂，我想那個圈子讓馬泰翔非常痛苦吧，我現在就是盡力彌補他，他中間疏遠這麼久，所以，嗯。

均凡：嗯……可是，要是，如果同性戀、感染者跟所有人一樣，戀愛結婚分手生病都不會特別被看待，或許我叔叔跟馬叔叔也不至於變這樣？啊這是我自己的想法，我沒有跟叔叔聊過。

馬姊姊：我不知道啦我只能站在我弟弟的角度去想這件事。我弟弟沒有對不起任何人啊。他只是生這個病而已也沒必要永遠跟這些人混在一起吧。妳知道人在感情上受創的時候，難免就會做出失控的事啊。他也失去他以前的朋友啦，他得到教訓了。但是有一點我覺得妳可以想想看，當我們家瀕臨破產的時候、當馬泰翔非常痛苦的時候，站在我們身邊的是教會的弟兄姐妹，不是他任何一個、以前的同性戀朋友哦。

均凡：可是，那是一

馬姊姊：沒關係，最後總要選邊站嘛，他跟他們鬧翻了，我知道
　　　　的，我也不怪他們，所以泰翔徹徹底底地遠離了。（頓）這
　　　　個 Email 給妳，妳可以聯絡到泰翔。

均凡：謝謝妳。

馬姊姊：謝謝妳去找泰翔。

均凡：咦為什麼說謝謝？

馬姊姊：還有以前的朋友記得他。

均凡：我不可能忘記他的。


（場上變化到警察來過的甘馬之家，幾個男子被警察拉扯）


均凡：甘馬之家的最後一天，我在那裡。還有一堆警察。
　　　我十四歲那年，不小心未婚懷孕，我告訴叔叔，他要我
　　　去找他，帶我去拿掉小孩，我走到門口，門半掩，我沒
　　　有跟任何人說過，我看到那天的情景。


（均凡看著。兩個警察從門口走出，其中一個是阿凱前任警察 2，
手上拿著幾包東西，馬密跟隨其後）


馬密：請問他們會怎樣？

警察：你是？

警察 2：他就是報案的人。

馬密：我不是一

警察：你跟他交代一下，我先回局裡了，一下子抓這麼多個，人
　　　手不夠。

（警察下）

馬密：他們會怎麼樣？

（旁邊一群男人只穿著內褲，頭低低地被拍照）

警察 2：(拍拍馬密) 阿凱不該再繼續跟那些人混在一起。謝謝你告
　　　　訴我。（手上拿著三千元）
馬密：我不要。（頓，突然大聲）我不是要這樣的。
警察 2：怎樣？
馬密：我跟你講那些不是要你來抓他們，你不也是同志嗎?!
警察 2：我不是，我只是可以跟男人打炮。

（馬密衝上去揍警察2）

警察 2：誒！
馬密：同志怎麼可以傷害同志?!
警察 2：傷害？
馬密：被當成動物一樣！
警察 2：你在說什麼傻話，我們是在幫他們，他們出來就會感謝我
　　　　們了。我會說我在同志聊天室查到的，你也不想有所牽扯
　　　　吧？

（警察2硬塞錢給馬密，下）

## 之七：均凡的回憶


均凡：請問方耀凱在嗎？發生什麼事了？

馬密：沒有，沒事。


（幾個警察走進，把甘口、阿凱帶走的場景）

（以下過程中，只穿著內褲的男子們被拉扯、拍照、身上被塗字與髒污、留下警察局的正面及側面檔案照）


馬密：事情不是這樣子的，我們有一些問題，一直問都不說，我去問了他前任那個警察，想知道他是不是、感情很喜歡逃避，一開始不是這樣的、可能、講太多了、講到轟趴、警察問得很細、我就、我不知道、他說他來看看，就來了。

均凡：被警察抓走？

馬密：沒有，我不是故意的，我只是想要有個人可以聽聽我有多痛苦。

均凡：（拍拍馬密）沒事的。

馬密：妳是誰。

均凡：我是他姪女。


（馬密注意看均凡）


馬密：喔，均凡。

均凡：你認識我？

馬密：阿凱常常提到妳。（突然變得很溫柔，像是要把所有的溫柔

都放在均凡身上）我是馬叔叔，我是妳叔叔最好的朋友。

均凡：叔叔說要帶我去醫院的，如果他不在我該怎麼辦？（有點要
　　　急哭了）

馬密：（非常溫柔有耐心地）我帶妳去醫院。（頓）妳叔叔很忙，有非
　　　常非常重要的事，他叫我幫妳、在這邊等妳。我會幫阿凱照
　　　顧妳，我會照顧妳，交給我。

均凡：這個……（從書包拿出驗孕棒）驗出來兩條線，陽性，我驗
　　　了好幾次，我不敢丟在家裡也不敢丟在學校—

馬密：我幫妳丟掉，妳的祕密不會有任何人知道。

均凡：真的嗎？

馬密：（看著驗孕棒）以前我也驗出來陽性，我可以理解妳的心情。

均凡：可是你是男生？

馬密：對啊，所以我的拿不掉，妳的把它拿掉就沒事了。

均凡：可以拿得很乾淨不會被發現嗎？

馬密：妳可以的。

均凡：這樣是不是殺了這個小孩？

馬密：不會的。妳沒有準備好它來，那是意外，等妳準備好了，
　　　它會再度回到妳生命中。

均凡：那個生命，會不會恨我？

馬密：不會的。（將手放在均凡頭上）我幫妳禱告好嗎？如果妳有相
　　　信的神，妳想著祂。想好囉。

　　　祢的子民，生命正在經歷重大的考驗，曾經全然地相
　　　信，最後又全然地失去，他努力不帶著惡意行事，最後
　　　卻導致惡意，希望身邊的人幸福永存，最後卻招致所有
　　　人的不幸，他沒有愛的能力，沒有寬恕的能力，他眼中
　　　看不到光，他時時擔心自己是次等的，他責怪神為什麼
　　　要給他這麼嚴酷的折磨，他認為世上是沒有神的，如果

有，那也不是他的神。可是現在，在給予其他之前，先讓他相信吧，相信有神，他才會相信這一切不幸，是有其道理的，讓他的心得到安放，就算感到憤怒與忌恨也是安放，他可以不再把恨丟向別人，他相信他的神會一直、一直在那邊，讓他恨。

給他相信的能力吧。

讓他相信恨著，也可以得到什麼永恆不變的東西，再來談愛吧。


（過程中，均凡被馬密摸頭安慰著，哭了）


均凡：謝謝，我、我還有一件事……

馬密：什麼？

均凡：我最近便秘得很嚴重，這樣拿小孩會不會有危險？

馬密：不會的，我會幫妳擋下一切危險。


（馬密牽著均凡的手，帶著溫和的微笑，看向前方，均凡從哭逐漸破涕為笑，光很強）


很糊的新聞畫面：「警方破獲男男轟趴淫窟，現場起出搖頭丸三百八十顆，大麻四百克，K他命六瓶，現場四散著大量用過的保險套，可以說是肉慾橫流，形成病毒滋生的溫床，其中一位男子於警局抽血時表示自己是愛滋帶原者，時間到了需要服藥，否則性命堪憂。據了解現場有超過十位以上的帶原者，目前正在進一步篩檢，看是否有擴大感染之疑慮……」

（身上有塗字髒污的幾名裸身男子們穿上一般乾淨的襯衫，醫院，均凡與他們交錯經過，均凡躺在床上，或躺著要做手術）

男子拿擴音器的聲音：「滿地都是用過的保險套比較安全，還是完全沒有保險套比較安全？那次沒有增加感染者，沒有增加！但一般大眾對於不夠嗜血的真相沒有興趣，有新增感染者這才是他們想聽到的故事，我們只能一直重複說、重複說沒有人在意的真相。」

醫生的聲音：「等一下我們會進行全身麻醉，快要滿十二週，我們會用刮除的方式，今天有禁食滿八小時嗎？」

護士的聲音：「請問你是她的家長嗎幫我填一下資料。」

馬密的聲音：「我是她的叔叔，我叫方耀凱，身分證號F124 509684……」

（襯衫男子們依序跟護士拿藥，下）

均凡：手術結束後，馬叔叔不見了，他付清了手術費用，留下二十萬給我，紙條上寫著，「不管妳要調養身體、還是要找人圍毆搞出孩子的男生、還是要自暴自棄買漂亮衣服變玩咖，都需要錢，我只看過妳的照片，但我跟妳叔叔一樣愛妳。」（笑了）

我沒有動那筆錢，我把它存起來，我一定要還給他。一直到今天，我終於找到你了。

（均凡進入室內，中年的馬泰翔看到她，露出大大的微笑）

我立刻看到，他左手右手的無名指，各戴著一枚戒指。

## 之八：馬密與馬泰翔

泰翔：妳好，我是馬泰翔。(遞名片) 我在這間教會工作，怎麼稱呼？

均凡：我姓方，方均凡。(遞名片)

泰翔：方小姐。(一邊唸，沒有任何反應，一邊收) 妳怎麼來的？這邊不好找吧？

均凡：你記得我嗎？

泰翔：妳是……之前打來說要訪問的大學生嗎？

均凡：我不是。我十四歲那年，未婚懷孕，你幫助我、帶我去醫院，給我手術的費用。已經十幾年前的事情了。

泰翔：喔，我想起來了。那妳現在還好嗎？

均凡：我很好。我一直很想跟你道謝，但不知道該去哪裡找你。

泰翔：不用客氣不是我的功勞，都是上帝的指引。

均凡：我是方耀凱的姪女。

泰翔：喔，他過得好嗎？

均凡：他在外地工作，有時候過年遇到，感覺還不錯。

泰翔：很好啊，平安就好。(發現均凡盯著自己的手看) 這個啊，這手是跟神締結的契約，維持世俗的單身，奉獻給神。

均凡：那另外一隻手？

泰翔：以前有人送的。

均凡：以前……(想問叔叔的事但問不出口) 我有聽說，以前叔叔對不起你—

泰翔：都過去啦。年輕嘛，以為自己東西很少所以會緊緊抓著什麼，後來才發現自己擁有的其實很多，家人願意支持我，

現在也有一群弟兄姐妹，我在教會可能有人會不太順眼，但我覺得我可以當兩邊的橋梁。之前有一個跨性別來我們教會，牧師來問我應該要讓她上男廁還女廁，我後來就建議他把其中一間弄成第三性廁所。她做禮拜、參加聚會，大家也沒有說什麼。我叫大家要叫她「小姐」，大家也跟著叫。

均凡：這樣很好啊。

泰翔：到哪都可以做點什麼。（稍長的停頓）那時候都太年輕了啦，全部雞蛋放在一個籃子裡。（摸口袋的手機）不好意思我接個電話。（講電話，聊一些教會的活動）

均凡：不管我怎麼問他叔叔跟甘口的事，他只說，太年輕了，年輕所以這樣是沒辦法的。就算提到他們收留感染者、發起聲援、一起辦醫療知識的講座……

泰翔：做過那件事嗎？二〇〇〇？二〇〇一？是我說要開始甘馬之家的嗎？咦，是我？沒有吧只是聊一聊，誰先提議的我也不曉得了。

均凡：一路問下來的事情，我以為那很重要，他永遠不可能忘記，可是他已經忘記了。我不知道是因為別人只有看到他們想看的角度，還是我以為很重要的事情，對他已經不重要了。我沒有再問下去了。

泰翔：要不要喝水？

均凡：沒關係，我等等要走了，（站起來）教會這邊是不是會反對同性戀？

泰翔：也不是說反對，不會特別講到。

均凡：那如果遇到他們反對怎麼辦？

泰翔：有時候事情不是非黑即白。當然他們有不同的說法，可是妳看我，有被反對嗎？人除了性向之外，還有很多其他身分。

均凡：你會怕被當成一個悔改的同志嗎？

泰翔：我也沒有悔改啊，我只是，不再過同性戀的生活。

均凡：同性戀的生活？

泰翔：每個階段會選一個讓自己能過得下去的生活方式。

均凡：（勉爲其難地附和著）嗯……也是。（頓，兩人之間一種微妙的尷尬）我可以問你我遇到你那天的事情嗎？我想你可能一直很內疚但是……

泰翔：／哪天？

均凡：就是叔叔他們被警察帶走那天。那天我在。

泰翔：我知道妳在。（以下，隨著馬密的講述，彷彿慢慢夕陽西斜）是我跟警察告密的，我一直想這麼做，我想毀掉一切，我太嫉妒了，太混亂了，如果我生病造成他的壓力，那爲什麼要找一個跟我一樣的當他的出口？他去找個普通人，我就不會這麼痛苦了，他之前說我給他的壓力都是藉口吧？因爲是我，他不願意多付出，可是如果是，他（刻意不願意講到名字），他就願意，好好笑，一起毀滅好了。

我現在講起來很平靜，我已經跟神講過好多好多次，我沒有任何人可以講。以前的朋友不原諒我，我也不原諒他們，他們看著他們兩個越走越近，沒人告訴我，他們怕破壞現狀。我們曾經是一個團體，不是，我們幾乎是一體的，太緊密了，以爲我們是世界上唯一的一群人，只能跟身邊的人相愛，爲了不破壞整體，不破壞「我

們是一群團結在一起爭取什麼的弱勢邊緣」，忽略奇怪的地方，忽略互相欺騙的地方，忽略其實互相不滿的地方，只為了讓整體繼續走下去，為了大義，我們消滅了自己。

所以我出手打開了這個結，不會再因為我們都是感染者、我們都相信社會該還給我們正義，所以我們要強迫變成同胞。我也是人，我有討厭的人跟喜歡的人，我不要再跟我討厭的人在一起了。我在這裡，新的弟兄姐妹，我不特別愛他們，他們也不特別愛我，我們只愛神，所以我們的關係，不會壞掉。

我們不缺乏愛，就不會從身邊的人去要。

我改變了這一切，我是叛徒，但我也是拯救大家的人，在那之前，我們的關係早就慢慢壞掉了。

從此再也沒有馬密，那個因為匿名需要而出現的名字，那個屬於感染者的匿名，就剩下我，馬泰翔。（停頓，似乎講得很驕傲）

均凡：你不是叛徒。（頓）那天我也在，你不是故意的，你也很難過。

泰翔：不是那樣。

均凡：你說你只是想要有人聽聽你的痛苦，但你不知道那個警察利用了你。

泰翔：我是叛徒。

均凡：為什麼你要這樣說呢？

泰翔：所有人都覺得我是叛徒。

均凡：我看到的你不是—

泰翔：妳一定記錯了。

均凡：不可能，那天的事情我一輩子都不會忘記。

泰翔：是我決定毀了這一切。

均凡：你希望斷了一切才決定都是你做的吧？因為明明不是這樣。

泰翔：妳是我嗎？

均凡：什麼？

泰翔：妳又不是我，妳怎麼知道我是怎麼想的？妳不知道我在妳面前裝可憐？我怎麼可能在方耀凱的姪女面前說，是我害妳叔叔被抓走？我只是在裝！我故意洩露消息，說我不知道警察會來，我沒有想到他是警察，我只想著他是方耀凱前任，這種話妳信？

均凡：所以你記得那天的事情嘛。

泰翔：我不記得。

均凡：我相信啊。


（停頓）


泰翔：什麼？

均凡：我相信你太痛苦了，太嫉妒了，你抓著任何一個浮木，只能一直說，你沒有想到他是警察會利用你，我相信啊。（兩人沉默一陣）我相信啊。


（停頓）

（馬泰翔突然大哭）

（均凡摸著馬泰翔的頭，就像小時候，馬密曾經這樣摸過她）


（螢幕上的馬密，字幕上）

馬密：「我希望妳不要再去提到以前的事情。其他人講述的我，我
　　　不一定要接受。
　　　我不想要讓這個身分再度成爲我的全部。
　　　也不想要我們生病的生活，感情混亂、約炮用藥、出軌
　　　劈腿又引起什麼誤解。沒有身在其中的人太難理解了。
　　　這是我的人生，我可以自己決定什麼要被講出來，什麼
　　　不要。謝謝妳，相信我。」

## 之九：阿凱叔叔

均凡：我覺得我好像錯了。

我開始不知道我為什麼要做這件事。

我以為馬密會願意真相被聽見，我也可以找到跟叔叔溝通的方式，可是，他不願意被提起。

我只好打給叔叔，我本來是想準備好，再面對他的。

喂，阿凱叔叔，你知道事情的經過了，我很抱歉，不是故意探你隱私，我是－

阿凱：妳本來就是家裡唯一知道我的事情的人啊，不然日記也不會給妳。

均凡：可是你為什麼要給我？

阿凱：什麼為什麼？

均凡：你難過的時候我假裝沒有看見－

阿凱：等一下。（旁邊的朋友在講保險的事情）我在跟我姪女講電話。

均凡：現在不方便講電話嗎？

阿凱：沒事，甘口住院，保險公司拒絕理賠給 HIV，我在朋友家討論。我不能講太久，等等要趕回醫院。

均凡：喔好。

阿凱：（突然）我知道啦！

均凡：知道什麼？

阿凱：我知道妳想說的。

均凡：嗯。

（沉默）

阿凱：沒事啦！

均凡：你對我這麼好，可是我什麼都沒有做—

阿凱：妳打電話給我了啊。

均凡：我過這麼久才打—

阿凱：反正妳打了嘛！

均凡：嗯。

阿凱：馬泰翔不想被提就不要提吧，我可以理解他不想被提，現
　　　在過得好就好了。

均凡：叔叔對那件事怎麼想的？不生氣嗎？

阿凱：不會生氣啊……有一半是我造成的吧。（頓）我們都太在意
　　　他的病，或許有可能不那麼被影響吧，可是身在其中的我
　　　們根本就沒辦法吧。我不是故意跟甘口、跟又一個感染者在
　　　一起氣他，這種事也沒什麼故意不故意，我是因為他，知
　　　道感染對我來說不是問題。

均凡：你希望我跟他講嗎？

阿凱：不用啦各自有各自的生活了。反正甘口如果怎麼樣，他最
　　　後會想見的一定是馬泰翔，不是我。我要去醫院囉，保險
　　　公司好煩啊。

均凡：需要幫忙要說喔。

阿凱：不要那麼沉重。

均凡：我有很沉重嗎？

阿凱：事情有慢慢變好啦，等有了第一批老死的感染者，大家就
　　　會忘記它原本被講得有多恐怖了。

均凡：過年會回來吧？

阿凱：這幾年甘口身體狀況時好時壞，可能沒辦法。

均凡：是因爲他的身體狀況你才很少回來？

阿凱：是啊，也不可能帶他回去。

均凡：我還以爲是—

阿凱：是啥？

均凡：不然我去找你們。

阿凱：好，妳來！（喜悅）

均凡：叔叔你有想過，要跟普通人交往嗎？

阿凱：是有想過啦。可是搞不好，其他人，大便不沖乾淨啊、打呼
　　　很大聲啊、踹貓踹狗啊，這些我更不能接受呢。

均凡：說的也是。

阿凱：誒妳訪問到的很多不能用，會怎樣嗎？

均凡：嗯，沒關係。你要成功拿到保險理賠喔！

阿凱：會的！

叛徒馬密可能的回憶錄

## 尾場：紀錄片放映會

均凡：這個紀錄片，紀錄了一個叫甘馬之家的庇護所的興衰起落。
它註定是一個不完整充滿空白的紀錄片，它唯一能做到
的只有廉價地引起同情，因為真正深刻的事情、痛苦的
傷害、珍貴的感情，永遠無法重現。
謝謝大家。

（影片進。一個陽光、開心、片面呈現的感染者影片）

————全劇終————

# 《叛徒馬密可能的回憶錄》
## 演出資料

劇　作　家∣簡莉穎

導　　　演∣許哲彬

製　作　人∣蘇志鵬

舞臺設計∣李柏霖

影像設計∣王正源

燈光設計∣徐子涵

服裝設計∣李育昇

音樂設計∣柯智豪

助理導演∣陳煜典

構作顧問∣李銘宸

聲響設計∣洪伊俊

劇本顧問∣吳政翰

演　　　員∣王安琪、王肇陽、余佩真、竺定誼、林家麒、林子恆、
　　　　　　高若珊、曾歆雁、廖原慶、廖威迪

舞臺監督∣張仲平

導演助理∣潘品丰

執行製作∣吳可雲

攝　　影｜秦大悲
製作單位｜四把椅子劇團

首演
　　TIFA 台灣國際藝術節
　　演出日期｜2017 年 4 月 14 日 – 4 月 16 日
　　演出地點｜國家戲劇院實驗劇場

加演
　　演出日期｜2017 年 9 月 29 日 – 10 月 1 日
　　演出地點｜公館水源劇場

加演
　　TIFA 台灣國際藝術節
　　演出日期｜2019 年 3 月 1 日 – 3 月 3 日
　　演出地點｜國家戲劇院
　　演　　員｜王世緯、王安琪、王肇陽、余佩真、竺定誼、林子恆、
　　　　　　　林家麒、高若珊、曾歆雁、楊迦恩、廖威迪、廖原慶、
　　　　　　　鄧名佑等

# 《叛徒馬密可能的回憶錄》
## 創作源起

這部戲，因為獲得二〇一五年兩廳院「藝術基地」駐館計畫補助，讓我得以較為合理的創作節奏進行，田調一年、初稿半年、修改半年，雖然從二〇一五到一七年真正演出之間，也經歷了《新社員加演番外篇》、《全國最多賓士車的小鎮住著三姐妹（和她們的Brother）》、《利維坦 2.0》、《服妖之鑑》這幾部累得半死的戲。

《叛徒馬密》原名《台灣天使》，當時抱著要做臺灣版《美國天使》的心情開始，最終從八、九〇年代調轉焦點，回到受訪者主要經歷的世紀末，雞尾酒療法出來的當下，揉合我自己曾待過社運團體的記憶，回到個人與團體、大我與小我的衝突，以年代為經緯、子輩的追尋為主軸，於是定稿，二〇一七年的 TIFA 台灣國際藝術節演出，創下開賣三小時完售的紀錄。

創作前期，我採訪了許多不具名受訪者，且受益於愛滋感染者權益促進會、同光教會、露德協會、台灣同志諮詢熱線等相關機構，進行採訪、聽打逐字稿，期間感謝李屏瑤、陳以恩協助聯絡。我同時

盡量買齊找全網路上、市面上的愛滋文獻；中期，經過兩廳院安排的第一階段讀劇，與戲劇顧問吳政翰討論，與四把椅子劇團合作製作，透過讀劇、排練，給予我修改的養分。

很常有人問我最喜歡哪部作品，我回答不出來，但如果是最累的劇場作品，毫無疑問是《馬密》。

這部戲，我盡力想去嘗試的，第一，是我不可能只依賴自身經驗創作，得盡己所能地扎實功課（但當然永遠不夠）；第二，不管做多少功課，還是會回到自己最在意的核心問題：為什麼團體中的我們，都會緊密相擁到彼此刺傷，不管曾有多高的信念，終究會為了大義而犧牲某些個體——不是不能犧牲，而是某些人比另一些人更不需要犧牲什麼。這應該是當年的我自己，希望有機會看到的戲劇。第三，我希望不要再浪漫化、隱喻化疾病與疾病中人，我希望好好出現他們的故事。

最後，如果有打動任何一個觀眾，迴向給我戲劇的啟蒙：田啟元。

《新社員》- 前奏就用來接吻吧 -

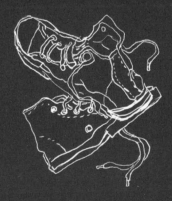

## 劇中人物：

安：小安／安啟凡；學校樂團主唱

八：小八／師葉月；小安的青梅竹馬

廣：阿廣／裴世廣；學校樂團吉他手

吾：老吾／都衍吾；學校樂團鼓手

三：三三／顧培三；學校樂團貝斯手

莉：腐女／甯常夏；暱稱是「莉莉絲」的腐女子

雷：老師／雷殷甲；學校樂團指導老師

東：教官／東聲敏

澤：前主唱／何意澤；學校樂團前主唱

師：老師；開學第一天點名的老師

神：ＢＬ大神；莉莉絲內心幻想的實體化

仝：表示該場全體角色

**臺詞指示：**

1. 句尾出現「—」符號，表示搶話快接。
2. 句首、句中出現「／」符號，表示前面一、兩個字要與上一句臺詞相疊，是比搶話更快的疊話。若「／」出現在歌詞中，則表示疊唱或和音。
3. 句尾沒有任何標點符號，表示需要一句接一句如生活對話般快速。


**劇本標示：**

- 明體字：對話、口白
- 楷體字：舞臺指示
- 黑體字：歌詞
- 篇名號〈〉內：歌名

0-1
## 〈序曲：奔馳在心中的這件事〉（全）


（管弦樂音樂進）


八　：想把所有顏色塗在身上
　　　想點一根菸　踩在地上
三吾：想拚命地做點什麼
　　　終究只是白忙一場
雷東：但是想要在教室裡面　大聲歌唱
廣　：有些事情現在不做以後就沒機會
　　　難道就要一輩子這樣


全　：不要去管那些自我質疑　或者害怕
　　　發一個夠大的夢不然就　太無聊了吧
　　　不要變成無聊大人　讓我　盡情狂歡吧
　　　奔馳在心中的這件事


安　：帶著相機潛入他跟他的家
全　：希望來的人還是不會來吧
雷　：想要狠狠砸爛一把吉他
全　：一成不變的事情你不覺得很煩嗎
廣　：但是想對著天空大聲說我愛你
全　：有些事情只要我們一起就有可能
　　　有些事情現在不做以後就沒機會
　　　難道就要一輩子這樣

《新社員》‧前奏就用來接吻吧‧

莉　：這般無所謂的世界還是　可以遊戲吧

全　：只要能看見月亮的形狀　就繼續冒險啊

　　　挫折總是比起一成不變　來得好玩吧

安　：奔馳在心中的這件事


0-2
Opening 夢


（接續上首歌，安是主唱，樂團〔可以是幕後樂團〕開場，大背光，看不清楚臉）


安　：歡迎大家來原西寺國中管弦樂社期末發表會，我是副社安
　　　啟凡。（跟四周打招呼）嗨～～我知道大家等很久了！下個
　　　月！我們就要參加全國大賽的總決賽了！耶！


（群眾歡呼，管弦樂聲）


安　：接下來這首曲子由社長跟我一起演出，他一定會遲到的你們
　　　知道一

眾　：（怪叫）

安　：就算他這麼愛遲到（眾人嘲笑），又一直死纏爛打逼我加入管
　　　弦樂社，但也是因為有他，國中生活才會那麼開心；上了
　　　高中以後要專心念書，可能就不會繼續玩社團了

雷　：／（場外）小安加油！

安　：幸好還能留下除了功課之外的回憶，那，讓我們歡迎社長—

衆　：（人聲堆疊）

安　：歡迎社長—

衆　：（人聲堆疊，沒人出現，安看了一下四周）

安　：社長呢？


（由其他演員的聲音扮演社長）


雷　：（OS）社長退社了。

廣　：（OS）社長退社了。

三　：（OS）他好像退社了。

吾　：（OS）你不知道嗎？

三　：（OS）我還以爲你知道。

東　：（OS）你不知道嗎？

莉　：（OS）退社他沒有跟你說哦？

安　：（跑來跑去）社長！

雷　：（OS）你們是不是太要好了？

三　：（OS）這個時期跟同性之間很容易會有。

莉　：（OS）可能家裡沒有足夠的愛。

吾　：（OS）不要纏著我，除了我以外你就沒有別的事情了嗎？


（八走近安，打算拿走安手上用來聽歌的平板電腦）


八　：安啟凡……安啟凡……安啟凡！……

《新社員》・前奏就用來接吻吧，

# 1-1
# 小八

安　：哇！

八　：（嚇到）哇！做惡夢啊？

安　：……早安……妳怎麼這麼早起？

八　：今天是新學期第一天啊！（安又躺回去）快起來！iPad 還我　我要帶去學校。（把 iPad 打開，放出了〈序曲：奔馳在心中的這件事〉的管弦樂曲）又是這首!?管弦樂社本身就是一個惡夢啊難怪你會做惡夢

安　：／我發現了……要消滅國中的惡夢，我應該要成立一個最強的室內樂團—

八　：掰掰—我先去學校了—

安　：（抓住八不讓她走）師葉月，妳要放棄小喇叭了嗎？

八　：又不是因為有興趣才加入的！

安　：前任小喇叭王牌耶，來嘛來嘛來嘛來嘛～～

八　：是你叫我加入我不好意思拒絕好不好，而且你超級重色輕友—

安　：我哪有！

八　：你就忙著跟社長玩啊反正我不會再參加了。

安　：對不起嘛對不起嘛，拜託嘛拜託嘛～～

八　：櫻木花道是因為告白被五十個女生拒絕最後一個女生喜歡籃球隊的小田。你成立樂團的動機根本跟他一樣。（滑著 iPad）

安　：我又沒有跟社長告白—

八　：你在告白之前他就開始躲你了誒誰在講話？

安　：所以他退社真的是因為我？

八　：什麼沒有在聽誒。（頓）嗯什麼，沒在聽耶。（安：「喂。」）
　　　（滑著 iPad）那你加入我們學校的室內樂團吧。

安　：有嗎？我怎麼沒看過？

八　：前陣子我看到我們學校室內樂團徵人的消息，你看這個啊，
　　　（滑著 iPad）這個部落格，莉莉絲立刻溼打抗莉莉絲微熱鼻
　　　血日記⋯⋯站名也太長了吧⋯⋯反正大家都會在上面貼跨
　　　校交流的訊息。

安　：哦就是會報導各大高中校園王子的部落格？妳之前照片被貼
　　　上去一直跟我炫耀那個？

八　：我是誠懇地分享

安　：但小八是女生呢

八　：哦我是嗎原來如此

安　：但小八真的比大部分的男生都帥呢好了好了不要稱讚妳會害
　　　羞

八　：那我當你男朋友好了

安　：不要，妳那麼花心，又抱不動我！


（八把安公主抱起來等等之類的玩鬧）


八　：走了啦要遲到了。（兩人準備出門）我覺得你只是不甘心，遇
　　　到你高中的赤木晴子就會放下以前的事情了，畢竟櫻木也
　　　是牡羊座。

安　：為什麼我的高中生活不是從遇到晴子開始？

八　：因為你喜歡的又不是晴子，是流川楓。

《新社員》，前奏就用來接吻吧，

107

1-2
〈將要改變  It's Gonna Change〉


安 ：櫻木花道的改變發生之前

　　　要怎麼處理失戀問題

八 ：星座說今天的你是即將遠航的帆船

　　　畢業寫下的留言請不要忘記

　　　只有現在真正存在著

安 ：搞不清楚的夢境　我想去哪裡


安八：在這個新的學期新的一切

　　　有怎樣的生活

　　　找尋最重要的東西

　　　好想知道會是什麼


　　　It's Gonna Change

　　　It's Gonna Change

　　　隨便撂幾句英文　就好像　人在紐約

　　　It's Gonna Change

　　　It's Gonna Change

安 ：乾脆妳今天穿裙子上學

八 ：我絕對拒絕


八 ：剛剛幫你報名嘍，室內樂團。

安 ：可是我什麼資訊都不知道啊！妳要一起參加嗎？

八 ：記得我國中畢業紀念冊寫的嗎？「要爲了重要的東西而

活」，簡稱—

八安：（手勢）「重要活」！

八　：我現在重要的東西，是要追尋眞愛。

安　：妳那個新女友呢？

八　：分手了。

安　：第幾個了？

八　：我發現那都不是眞愛。新樂團加油—

安　：我什麼資訊都不⋯⋯

八　：／重要活！


安八：It's Gonna Change

　　　It's Gonna Change

　　　就像是蝴蝶拍著翅膀　那一瞬間

　　　It's Gonna Change

　　　It's Gonna Change

　　　想珍惜那些小小預兆　等待著改變

《新社員》・前奏就用來接吻吧・

莉　：大家早安，莉莉絲立刻溼打抗每天早上的更新我是站主小野
　　　莉莉絲立刻溼沒錯我是日本人，將來的夢想是二次元跟三
　　　次元可以通婚，座右銘是吃得腐中腐方爲人上人！今天要
　　　跟大家分享一個悲傷的消息，原東寺高中搖研社吉他手裴
　　　世廣大人，跟主唱何意澤，分手了，已經很久沒有看到兩
　　　人同進同出，少了主唱的原東寺搖研社，能順利參加熱音
　　　大賽嗎╱（發現書包有異）咦？（撥電話）你們偷翻我書包？
　　　是不是又偷看我的電腦！要尊重我的隱私！再這樣下去，
　　　我要斷絕父母關係！（掛掉電話，前奏下）

〈七點二十分的反省〉

莉　：啊啊啊啊啊～～
　　　剛剛又不小心對爸媽發脾氣
　　　大家都說我進入了反抗期
　　　最近我也開始深深反省
　　　有很多事情應該說對不起

　　　數學老師對不起
　　　上課忙著把「╳」的符號圈起來
　　　聽到「汽車多久會追到火車」笑了出來
　　　棒球國手對不起

妄想投手捕手打擊手的三角關係
忘了加油輸掉比賽真是對不起
小阿姨對不起
問我「現在青少年都在想什麼」我臉上的表情
妳說「表哥變瘦了」我那無法掩飾的喜悅

同學會對不起　果然不該答應客套的邀請
什麼都插不上話　卻加入男友話題
大家突然沉默　其實我也沒有很在意
只是想把　男朋友　跟男朋友配對而已

媽媽對不起　我沒有邀請朋友來家裡
可是我真正的朋友都在電腦裡
黑暗墮天使寄來的禮物只是　普通馬克杯而已
請不要擔心　我加入奇怪的　宗教團體

爸爸對不起　你說要帶全家出國去
原本不想去　因為八月有 CWT
聽到是去日本　就馬上答應要去
竟然是　北海道　不是東京　大發雷霆

七點二十分的反省
好忙好忙好忙已經沒空感到內疚
買本先看有沒有 H
為自己的分鏡煩惱哭泣
寫信鼓勵喜歡的寫手繼續前進

努力去　NICONICO 學習
努力把　肉本藏到桌底
努力轉貼所有的十八禁
努力友情勝利！賣腐賣萌搞基！
這些事你們不會了解
最後還是沒有說任何對不起

七點二十分的反省
就這樣結束吧卻收到你們的簡訊
「沒有看你電腦　只是放早餐而已」
任性的我　流下淚滴

就算從沒跟你們道歉
就算你們聽不懂我的語言
因為生氣也不會被討厭
才敢生氣
就算搞不懂我的興趣也不用擔心
ＢＬ讓我非常地快樂
ＢＬ讓我非常地快樂
ＢＬ讓我非常地快樂
是我唯一

最喜歡在校門口　青春躁動讓我興奮不已
發現了「看吧他們一定在一起」的證據
接吻吧　交纏在一起
擁抱吧　下體也貼在一起
沉醉在那禁忌的愛裡

接吻吧　交纏在一起
擁抱吧　下體也貼在一起
沉醉在那禁忌的愛裡
沉醉在那禁忌的愛裡
沉醉在那禁忌的愛裡


（莉尖叫）



## 2-2
## 我揍你哦＋腐女介紹



（校門口）
（吾、三殺氣騰騰，酷帥出場）


三　：老闆。

吾　：（睜開眼睛）裴世廣！

莉　：在哪？（準備拍照）

三　：他還沒來。（頓）老闆。

吾　：裴世廣！（莉：「在哪？」準備拍照）

三　：還沒來。（拉過吾，幫他重新扣制服的扣子）你扣子扣錯了。

莉　：啊啊啊啊啊啊啊～～（看到腐舉動的高八度海豚音，拍照）

吾　：在學校不要叫我老闆。

三　：是，老吾。

吾　：沒有我的答應，裴世廣不可以退社！

莉　：（拿起平板拍照，超高速解說）搖研社鼓手都衍吾，老吾，今天又跟貝斯手顧培三進行 Deep Touch，據說他們是從小認識的朋友，小時候一起哈哈哈哈，長大一定會一起，哈啊哈啊（性愛聲），這是不變的真理！Take Photo！Upload！On！（像是唸必殺技的感覺）

吾　：好了，下面我自己扣，我怕癢。

（東跟雷出場，雷一路追著東，或走到他旁邊說話，但東無視雷）

雷　：東聲敏！

東　：不要跟著我！

莉　：／老師早！教官早！

東　：咳咳，同學早。雷老師，早。

雷　：……早。

（東馬上走掉，雷跟上去）

莉　：剛剛那是什麼奇怪的氛圍，我的雷達逼逼作響了，要密切追蹤。

（吉他聲，廣出場）
（安跟著廣出場）
（廣背著吉他，拿出吉他開始擺 Pose）
（跟安有一個定格）

莉　：王子系吉他手裴世廣！跟主唱大人分手一定很撕必細吧？一臉疲倦憔悴，目測至少瘦了五公斤。美男子受傷或生病就

好像西瓜加鹽巴一樣更顯甜美。

（廣將吉他丟在垃圾桶，安撿起）

安　：誒你吉他掉了。（廣要走，安拉住他的手）等一下（定格），
　　　（內心戲）這……完美的繭……這手……跟《古典吉他教學
　　　之如何培養完美的左手拱型》影片中，古典吉他大師威廉斯
　　　的手非常相似！你的手……很完美！
廣　：生命線很短—
安　：那不影響—
廣　：感情線也亂七八糟的，還是斷掌—
安　：完美！太完美了！

（廣抽回手）

安　：要不要加入我的樂團？
廣　：我不加入樂團的。（躺下）
安　：誒不要躺到馬路上—
廣　：怎麼都沒有車？
安　：上學時間有交通管制。
廣　：我要去死。來一輛又大又凶猛的車吧。
安　：啊福利社的貨車來卸貨了。（紅色倒車燈亮起，安模仿倒車
　　　聲）逼逼逼……

（頓，廣翻坐起）

廣　：啊，死掉怎麼辦。

安 ：你不是真心想死嘛。

廣 ：我放不下這把吉他。送你。

安 ：（秒答）不要。

廣 ：不隨便收陌生人的東西嗎？二年九班裴世廣天秤座 B 型。

安 ：我也是二年九班安……（廣將吉他塞在安手中，莉竊喜）

廣 ：／它是你的了。

吾 ：放下那把吉他！

安 ：誒我沒有要拿啊！


## 2-3


吾 ：阿廣！（準備衝上去）

吾 ：就算你退出我們還是會參加比賽，拿到第一名！

廣 ：／我會幫你們加油！

吾 ：／但中途放棄的你，永遠也不可能拿到第一名，你終於輸給
　　我了，哈哈哈哈哈～～

廣 ：好，我輸給你了。

吾 ：這樣就贏了你以為我會開心嗎？

廣 ：沒事了吧？那我走嘍。

吾 ：等一下，這是你最重要的東西吧？反正你也不需要這把吉他
　　了，那我就在這邊把它砸爛。

（廣沒有說話，吾作勢要砸）

廣　：隨便。（要走）

吾　：嗚啊啊啊啊啊！（吾衝上去抱住）你要這樣走掉？（廣、吾扭打
　　　掙脫）

三　：（把琴拿給安）幫我顧一下。（加入廣、吾，努力讓兩人不要
　　　受傷）

吾　：放開我，我要打死他。

三　：打不死的。

廣　：放開我，我要去教室－

三　：講完再走。


（莉整個呆住，拿著平板電腦對著打架的人）


安　：現在不是拍照的時候啊！


（八上場，手上拿著平板）


八　：發生什麼事了？

安　：幫我顧一下這把琴！（把琴跟八的平板塞給莉，拉著安加入
　　　勸架，各自抓住人）

八　：（拍莉）妳去叫雷老師來！（講完就轉身去勸架）

莉　：呃……（把手上的東西放在一旁，安靜地跑下去）


（東上）


東　：在幹麼！站好！


（眾人分開）

《新社員》－前奏就用來接吻吧，

東　：（看旁邊的吾、廣）站好還動啊？（打量學生）又是你們？搖研
　　　社的？哪來這麼多力氣啊？小八，小安，沒事吧？

八安：沒、沒事。

東　：爲什麼打架？說啊，給我一個好理由。（眾人沉默）講話啊！
　　　啞巴啊？

吾　：他騙我……明明就說不會退社的……嗚啊啊啊（靠著三哭
　　　了，東不知所措）

三　：教官不好意思，我們因爲參賽在即壓力很大，才做了衝動的
　　　事，我們不會再犯了。


（莉帶雷上）


雷　：教官，我是社團指導老師，請交給我處理。

東　：哦，嗯。

雷　：或者我們也可以討論一下你覺得怎麼處理比較好。

東　：不用了，老師決定就好，我先去巡堂了。（速閃）

三　：我先帶老吾回教室。（帶吾下，跟廣對視了一眼）

雷　：（對廣）如果你退出了，沒有吉他手，客觀上我們要退賽，
　　　我會等你到最後一刻，但不要勉強自己，等你處理好你的
　　　心情再回來，眞的決定不回來也沒關係。最近有新社員加
　　　入，我很期待看到你當學長的樣子哦。


（教室鐘聲響）


雷　：上課了回教室。

安　：喂你（廣走遠），啊吉他你忘了帶走！

雷　　：給我吧。

（雷走遠）

八　　：妳沒事吧？（莉點頭）

（八、安下）

莉　　：呼～跟人類講話好緊張……打架好 Man 啊真受不了～～
　　　　Take Photo，Upload，誒？我的電腦……Where？都口
　　　　泥？My Life！（轉頭）我比生命還重要的 iPad 被小八拿走
　　　　了！（邊跑下邊說）我的本體……我的呼吸……

（教室場景）

## 3-1
## 教室點名／八視角

八 ：二年九班開學第一天
　　　他趴著睡覺　坐在我旁邊（他＝廣）
　　　他一直走來走去　在教室外面（他＝三）
　　　她一直看著我　怕被我發現（她＝莉）
　　　他非常囉嗦（他＝安）
　　　（安口白）要怎樣他才會加入我的樂團啊？
　　　還是我幫你寫一張紙條　放在他桌面
　　　詭異的開學第一天
安 ：好想跟他說一句話

師 ：各位同學，現在開始點名。點完名就可以走了。甯常夏。
莉 ：有。
師 ：安啟凡。
安 ：有。
師 ：師葉月。
八 ：有，叫我小八就可以了。
師 ：裴世廣。
廣 ：有。
師 ：何意澤？何意澤？
三 ：老師，何意澤轉學了。
師 ：等等請問你是？（看著三）
三 ：老師請不用在意我。
師 ：怎麼可能不在意啊。你為什麼一直站在外面？

三 ：我不是九班的。

師 ：所以啊你在那邊幹麼？

八 ：（唱）小安一直看著左邊

安 ：（唱）好想跟他說一句話

八 ：（唱）這種眼神　似曾看見

安 ：（唱）說一句話

八 ：（唱）你為什麼在看左邊

安 ：什麼？沒有啊（安下意識地看）

八 ：你下課再問他要不要加入，幹麼一直看他？

安 ：（唱）真的沒有（轉頭又看向廣）

師 ：你是哪一班的？

三 ：老師不用在意我。

師 ：就說怎麼可能不在意啊！

廣 ：（突然站起來）老師，我身體不舒服，要去保健室。

師 ：去吧。

莉 ：（開心）保健室！

師 ：怎麼了？

安 ：老師我也要去保健室！

八 ：老師，他身體也不舒服。

師 ：哎唷，開學第一天，連老師我都想去保健室了。（頓）接下來
　　繼續點名—

八 ：這種眼神　似曾看見
　　這樣的你　似曾看見
　　多麼不希望會發生的改變

安 ：我突然追了出去
　　有句話　我想說
　　不知道什麼原因　我追了出去

## 4-1
## 往保健室路上


三 ：今天放學後留下來。

廣 ：爲什麼？

三 ：放學後留下來。

廣 ：我考慮看看。


（頓）


三 ：老吾的願望是跟夥伴在一起，拿到冠軍。我不知道他爲什麼
　　要花力氣在你身上，但我不會多問，我只要守護他的願望。

廣 ：去加入何意澤的樂團願望就會實現了。

三 ：那不是他的願望。

廣 ：我很弱，沒辦法實現別人的願望。

三 ：那你的願望是什麼？

廣 ：沒事的話我先走了。


（三抓住廣）


三 ：讓阿澤提分手，是你的願望吧？（頓，跟廣對視）誰？（朝安
　　的方向射出撲克牌）

安 ：哇！我什麼都沒有聽到！

三 ：你是早上那位。（撿起撲克牌）失禮了。

安 ：（抓住廣）我有一句話跟你說，成爲我的吉他手吧。

廣 ：我不會再加入樂團了。

三 ：他是我們的人！

安 ：喂！

（廣走掉）

安 ：等一下！又一個默默走掉是怎樣啊！

三 ：放學後留下來！


## 〈追逐組曲〉


安 ：他跑起來，我跟著跑，跟著跑，
　　　我也不知道為什麼要追著他，
　　　但我那句話，還沒講完。

《新社員》，前奏就用來接吻吧，

安　：(口白) 一直跑很累耶！

　　　追出去　有話想說

　　　有句話　我一定要說

　　　追出去　追著你

　　　跟著跑　沒有原因

　　　經過了保健室音樂教室電腦教室

　　　追著那一個人

　　　沸騰著血液的追逐

廣　：狂奔　逃跑

　　　逃不了的目的地

　　　狂奔　逃跑

　　　逃不了的沉默地牢

　　　總是有一件事無法放棄　也不能忘記

　　　總是拿起那吉他

　　　忍不住彈一首歌

安　：夢見你　從未停止

　　　忘記你不是容易的事

廣　：想到你　從未停止

　　　什麼事情都讓我想起你

安　：以為你已經不再重要

廣　：希望你已不再重要

安　：寫一首紀念你的歌

廣　：彈著我寫給你的歌

安廣：特別是想起那首你愛的歌

（在上面的安廣對唱中，廣跑到社團教室彈吉他，安到社團門口聽到
廣彈吉他，之後走進來彈了一小段，再唱出〈仿聲鳥〉）


## 〈仿聲鳥〉（段落）


安　：在眼神中燃燒你的倒影

　　　原來只是夢中的仿聲鳥

　　　在夢境裡追逐對你的依戀


## 5-2


廣　：好聽耶。

安　：什麼？

（沉默）

（廣用哼唱的，把安剛剛唱的歌哼出來）


安　：喂！閉嘴！


（廣哼唱）

安　：好了太丟臉了！

（安、廣對視，突然笑出來）

廣　：喜歡呢。

（沉默）

安　：啊！別人話沒講完不要跑掉！很沒禮貌！

廣　：對不起。

安　：你要放棄？不可能吧。如果不喜歡不會練成那樣的繭吧？

廣　：你會什麼會寫這首歌？

安　：因為國中的時候，一個帶我接觸音樂的朋友—等等我腦波好
　　　弱現在是我在問你話。

廣　：然後呢？他怎麼樣了？

安　：就……他真的非常非常厲害，音樂之神一定希望是他繼續
　　　學音樂而不是我，前面一直有他在，也讓我想變得更厲
　　　害，可是有一天他突然就放棄了，我突然不知道該怎麼努
　　　力……誒現在是我在問你—

廣　：為什麼？

安　：好我腦波很弱……我不知道要怎麼說—

廣　：他對你來說很重要吧？

安　：嗯我以前喜歡過他。曾經最重要的人，到人生下個階段可
　　　能就再也不會聯絡了，好像從來沒有發生過。（頓）啊啊啊
　　　啊我說了！我什麼都說了！既然這樣的話成為我的吉他手
　　　吧！

廣　：你要不要加入搖研社？

安　：你要不要加入室內樂團？

廣　：那我去室內樂團，你來搖研社好了。

安　：才不是這樣分咧。啊搖滾的話最近覺得橘子核爆還不錯。

廣　：你也喜歡橘子核爆？我有認識的人最近跟他們合作－

安　：那很屬害耶－

廣　：很屬害。屬害到讓人討厭。

安　：橘子核爆跟你有過節嗎？

廣　：年紀差不多但屬害的人很討厭吧？人一出生就分好了有才能和沒才能，我們混社團的時候，橘子核爆已經在大舞臺上表演，才能不是努力就會有的，總之會被看見、會被愛的就是那些少數人，像我這種沒用的灰塵也只能偶爾講講他們的壞話來讓自己好過一點。全世界我最討厭我自己。（頓）

安　：可是，聽起來你很喜歡自己啊？喜歡自己才能幫自己想這麼多。


（頓）


廣　：才不是。

安　：而且你為什麼在這邊？明明就可以直接回家，幹麼還要留在學校？你在等吧？因為有人叫你放學後留下來，這是撒嬌吧？


（廣沉默不語，然後突然起身要走）


安　：喂，要走去哪！


（安衝過去抓住廣）

《新社員》，前奏就用來接吻吧，

（傳來巨大的噪音）

安廣：咦？


## 5-3
## 屋頂上／with 大音響喇叭

（吾與三在彈奏著樂器，用盡力氣地彈奏以及亂唱，只穿四角內褲，總之是某個 MV 的點子。雷拿著 DV 拍他們）

雷　：我們是誰！
吾三：我們是私立原東寺高中搖研社！全國熱音大賽我們來啦！

（吾、三繼續唱歌）

安　：他們在幹麼？
廣　：在拍參賽用的 MV⋯⋯
安　：穿這樣！
廣　：本來只是我隨便開玩笑的⋯⋯真是一群笨蛋⋯⋯

（這中間音樂一直持續）
（安、廣看了一陣，默默地走近）

雷　：成員介紹！
吾　：我是鼓手，都衍吾！

安　：我是不知道你想離開的原因是什麼，但眞正想離開的人才不
　　　會留戀，說走就走了。你根本很想回去吧？

（廣看著三跟吾）

吾　：（拿出一個廣的牌子）吉他兼主唱，阿廣！
安　：還是把你算進去了……好不容易才找到吉他手哪……去吧！

（安、廣對視，然後廣跑向社團，拿著吉他跑去頂樓）

吾　：Bass 手，三三！
雷　：阿廣？（大家停止）
吾　：你來幹麼？
廣　：少了吉他，眞的很難聽耶。
吾　：（看向三）你叫他來的？
三　：是，我判斷他看到你爲社團做的努力，會因此感動，負起責
　　　任—
吾　：幹麼多事啊。（對廣）你要負責的話那就脫衣服跟我們一起拍
　　　啊，怎樣不敢吧？
廣　：我今天的內褲有點糗……
吾　：看吧！

（廣脫衣服）

廣　：不過沒有我還眞的不行啊！（開始脫衣服，一樣脫到剩內褲）
　　　（刷吉他）這樣才對吧！
吾　：哼。拿吉他還是很帥嘛，只輸我一點—

《新社員》，前奏就用來接吻吧，

廣　：來吧！（刷 chord）

吾　：但我不會這麼輕易原諒你。（下一拍吾、三就凝重又耍帥地走
　　　上去拍拍廣）（正當一切都很帥的時候）

吾　：誒！你這是跟我借的內褲！

廣　：啊哈哈，就是怕被你發現才猶豫要不要脫，下次還你－

吾　：誰要啊送你啦噁心死了！

廣　：還沒有自創曲吧？

吾　：還沒。


（廣哼唱〈仿聲鳥〉）


安　：喂！（衝出來）

吾　：這首歌是什麼？

廣　：今天聽到的，安同學，下一句是什麼？

吾　：你是誰？

廣　：我同班同學，安啟凡。

雷　：安啟凡？安——啟——凡——

廣　：／這首歌是他寫的，大家一起幫我說服他加入搖研社吧。

雷　：啊！安啟凡已經入社啦，他就是新社員！

三吾廣安：新社員？／誒？／新社員？

安　：／怎麼可能！你們是室內樂團嗎？（拿過雷的手機）

雷　：搖滾樂團哦。

安　：我加入的是室內樂團！

雷　：我們學校沒有室內樂唷。

安　：「想嘗室樂團嗎——」嘗試的「試」打成室內的「室」……
　　　小八妳妳妳看錯啦！

雷　：已經正式報名了，規定是一個學期才能更換社團。

廣　：太好了小安！

安　：等一下─

吾　：今天是什麼好日子啊！湊齊人數完全就是第一名的氣勢啊！

安　：等一下等一下聽我講話─

三　：十點鐘方向看到教官！預計有五分鐘可以撤退！快跑！

（眾人一邊喊著：「哇教官來了！」一邊跑）

安　：等一下為什麼我要跟著跑？

廣　：（拉著安）走吧！

吾　：搖研社最強！

# 6-1
# 小八跟腐女

（八在等人的樣子）

莉　：（翻八的書包被發現）哈、哈嘍。妳東西掉了。（假裝撿起八
　　　的衛生棉）

八　：妳是？

莉　：我、我是妳同學，甯常夏。

八　：噢，我是一

莉　：小八。

八　：不好意思，我不大會記人。

莉　：沒、沒關係，我的特殊能力就是透明化，讓別人看不到我。

八　：誒，好厲害，我可以看一下嗎？

（沉默）

八　：妳已經開始了嗎我還是看得到妳啊？

莉　：我……我是開玩笑的。

八　：噢。

莉　：妳……妳是 A 型對吧？

八　：嗯。

莉　：再離奇的話都會相信的類型。

八　：好像真的是這樣。

莉　：聽說原地轉三圈會變聰明哦！

八　：真的嗎？（原地轉三圈，莉沒辦法趁轉圈拿到八書包中的平

板）

莉　：妳⋯⋯妳在等人嗎？

八　：對啊，等小安，今天好慢啊。

莉　：那－那個，我－我想問一下現在班上同學都使用哪些 3C 產
　　　品？

八　：噢，手機啊，iPad，平板啊。（拿出平板）但不知道為什麼多
　　　出一臺？

莉　：Kya！

八　：我有打開來看，好像是一個網路名人的，可以直接登入她的
　　　網站應該沒錯吧。（莉有一個驚嚇的反應）啊，妳知道嗎，就
　　　是那個網站，「莉莉絲的房間」的站主？

莉　：知⋯⋯知道

八　：為什麼會突然出現在我的書包裡面呢？難道她真的是我們學
　　　校的學生嗎？

莉　：／不是唷呼呼！不可能吧？

八　：也對，她出現的話一定很顯眼吧？她有翅膀－

莉　：那是 Cosplay。

八　：而且啊⋯⋯裡面有好多我認識的人的照片，也有我的照片，
　　　不知道什麼時候拍的。

莉　：Kya！！好、好奇怪的興趣！

八　：是有點嚇一跳，但也沒有太奇怪啦，畢竟莉莉絲存在於宇宙
　　　中所有美男子的身邊嘛。好像在讚美自己一樣，真害羞。

莉　：Kya！妳，在上面有分身嗎？

八　：有啊，我就叫小八。

莉　：我、我也有分身哦！所以，那臺平板不可能是我的呢。

八　：也不是我的，要不要拿去警察局呢？

莉　：Kya！不～～妳－妳先保管好，我相信莉莉絲會⋯⋯會感應

《新社員》－前奏就用來接吻吧，

到妳的！掰掰！

八　：誒？掰掰！

（莉下場）

八　：好活潑的同學啊……（電話振動聲下在「同學」）喂？小安？
　　　不是室內樂團哦？搖研社？我看錯了？

（八下）

## 6-2
## 老師與教官

東　：學校要關了，回去吧。

雷　：（唱起〈我和你的影子〉）還記得嗎？

東　：記得，那又如何？

雷　：我們以前真的寫了一首很棒的歌，也是在屋頂上面，一起錄
　　　下來的。

（雷又唱了幾句）

東　：高中在搖研社是我最快樂的時光（（雷跟東過去的歌〈我和你
　　　的影子〉響起）），但……

（雷不料東有此反應，轉頭看他）

（兩人沒有說話）

東　：（嘆氣，拍拍雷的肩膀）都過去了，好好照顧自己。

（雷伸手要抓東的手，但東抽手，離開）

雷　：（頓）我很想你。

（沉默）

東　：小雷……我有女朋友了。
雷　：我知道。
東　：我家只有我一個兒子。
雷　：／好啦，我知道，講這個幹麼？我們還是……朋友吧？
東　：當然，你一直都是我很重要的朋友。
雷　：那你早上幹麼不理我？
東　：你那麼常來等我一起上班，太奇怪了吧？
雷　：好朋友啊。
東　：社會上沒有這種好朋友，成年男性跟成年男性之間沒有這樣
　　　子的。
雷　：那應該要是什麼樣子？
東　：應該要……

（沉默，雷轉身）

東　：（想擁抱或搭雷的肩，但終究忍住縮回伸出的手）我到底該怎
　　　麼對你？

《新社員》．前奏就用來接吻吧．

雷　：（想靠近東）這樣……就可以了。

東　：小雷我跟你不一樣！（推開雷，兩人沉默）

雷　：你會來看我們比賽嗎？

（電話振動聲進）

東　：我……我先走了。（接電話）嗯，下班了，現在要回去了……
　　　（看著雷，下）

（東與雷各自在不同地方唱歌，表達各自的思念）

## 〈我和你的影子〉

全　：等

東　：時針踩過秒針

全　：等

東　：步伐經過街角

全　：等

東　：等你踩過我的影子

全　：等

東　：等不及　等待偶然

全　：等

雷　：腳步超過腳步

全　：等

雷　：窺視越過視線

全　：等

雷　：等一會　等在你出沒的鬧市

全　：等

雷　：等不及　等待復合


東　：跟蹤在你身後　踩著你的影子
　　　在風中呼吸　呼吸你的氣味

雷　：假裝沒有離開　假裝在你身邊呼吸
　　　離開你　就是離開世界


束雷：模仿你的身影　疊著你的影子
　　　穿你的衣服　依賴你的憐憫
　　　假裝沒有離開　假裝沒有離開過你
　　　離開你　就是離開世界

## 7-1
## 我加入搖研社了

安 ：公開召募的資訊錯字連篇這些人是在搞什麼啊？才不要參加
　　搖研社咧！還脫衣服拍 MV 耶！誰要裸體啊！阿廣說要用
　　我寫的歌拿去參賽，我的歌怎麼能參賽啊！而且編不好會
　　很單薄吧？如果中間吹薩克斯風或者加鋼琴妳覺得如何？
　　跟阿廣雙主唱也不錯他聲音也滿好的⋯⋯

八 ：／不是不參加嗎？

安 ：嗯。不參加。

八 ：我覺得雙主唱不錯。

安 ：真的嗎！那就來寫合聲。啊。

八 ：還是參加的好吧？

安 ：我是不是很善變啊⋯⋯

八 ：不會啦，反正你就是喜歡音樂啊，我這也算是誤打誤撞幫到
　　你吧。

安 ：那我先回房間寫合聲嘍，那妳 iPad 再借給我。

## 7-2
## 〈戀愛白癡：小八的暗戀〉

八 ：長大了　會愛上某個人
　　想要一直在身邊　不變的友情

能不能　是這樣的關係

比友情更長久　比愛情更專一

想跟你永遠一起　難道只能是愛情

我知道我和你　永遠不遠不近

乾脆親手拉開距離　慢慢習慣

你總會愛上某個人

到最後　可以抵抗失去你的傷心

我願祝福　你的幸福


安　：謝謝你　卻未曾告訴你

　　　讓我認識了自己　真實的感情

　　　討厭你　走得毫不留情

　　　對你又愛又恨　隨時間而過去


八　：那時候看你戀愛　忘不了深深孤寂

　　　該如何能確定　這是什麼感情

　　　乾脆親手拉開距離　慢慢習慣

　　　你總會愛上某個人

　　　到最後　可以抵抗失去你的傷心


八　：不想祝福

安　：我願祝福

八安：你的幸福

## 7-3

（莉莉絲 .com 音效進）

（八的電腦傳來訊息）

莉 ：逼逼逼逼逼，啪滋啪滋啪滋，莉莉絲 desu。

八 ：嗨。

莉 ：聽說妳撿到莉莉絲的分身？

八 ：幹麼？

莉 ：請問是在對莉莉絲發脾氣嗎？

八 ：為什麼要有喜歡的人啊？超無聊的！

莉 ：關於莉莉絲的分身—

八 ：奇怪耶！朋友比較重要吧！

莉 ：先聽莉莉絲說—

八 ：以後也可以談戀愛啊！但只有現在才能留下美好的高中回憶
　　　不是嗎？

莉 ：妳喜歡那個人？

八 ：蛤!?喜、喜歡什麼，只是超級好的朋友—

莉 ：這就是喜歡吧絕對是喜歡，已經聞到喜歡的味道……

八 ：／等等妳是誰啊在那邊起鬨？

莉 ：夢想是二次元跟三次元可以通婚，座右銘是吃得腐中腐—

八 ：所以到底是？

莉 ：……莉莉絲 desu……

八 ：啊啊！

莉 ：部落格那個—

八 ：對！

莉　：我以爲妳是忠實讀者—

八　：只是上去看跨校訊息而已。

莉　：打擊！

八　：日記根本不看。

莉　：打擊！

八　：照片也是，朋友轉寄我的照片來的時候有看一下。

莉　：呼意外地很毒舌呢。

八　：妳說什麼？

莉　：莉莉絲知道了妳的祕密！戀愛中的煩惱！

八　：是朋友的煩惱友情的煩惱！妳到底是誰啦？

莉　：關於莉莉絲的分身，明天拿到學校，放到社團大樓下面的矮花圃，我會派我的部下去回收。（掛掉）

八　：喂！（頓）咦，莉莉絲怎麼知道社團大樓下面的花圃……很矮？

（八下）

《新社員》，前奏就用來接吻吧，

## 8-1
## 練團教室／特訓


廣　：啊，好懷念啊。

吾　：距離上一次練習，已經多久了？

三　：到今天剛好三個月又三天。

吾　：果然還是這裡最棒！

廣　：還入了最強新人呢。距離你上一次練習，過多久了？

安　：那已經是兩年前的事了。管樂社。

吾　：來集氣吧！（伸手）

三　：這個儀式還在啊？太熱血的我真的無法—

吾　：（抓三的手）來吧！（前奏下）（廣、安也伸出手）原東寺高中搖研社—

全　：加油加油加油，Go Go Go！


## 〈搖滾日子〉


吾　：歡迎來到屬於我們的廢墟
　　　盡情大聲歡笑或哭泣
　　　聽著震耳欲聾的聲音
　　　找一個值得吶喊的事情

三　：嘿沒有人是完美的模樣
　　　試著越過那一扇牆

吾三：一首搖滾就能讓世界倒下
　　　玩到半夜不打電話回家

廣　：當我拿起我的吉他
　　　我就擁有飛翔的翅膀
　　　不再冷漠不再悲傷　不再喊痛
廣三吾：不再假裝

全　：於是我們開始搖滾的日子
　　　拒絕成為別人以為的樣子
安　：謝了我的爸爸　再見我的老媽
全　：一起來去波西米亞
三　：自己選擇自己長大的方式

吾　：別再笑說我自以為是
　　　說出夢想　並不可恥！
廣　：別告訴我年輕應該怎樣
三安：看我把你寫進歌裡幹到爆炸
吾　：／ㄅㄧㄤˋ、ㄅㄧㄤˋ、！

安　：現實跟那些歌相比
　　　是多麼讓人很無力
三　：你這怪胎
吾　：你是同志
廣　：你是痞子
安　：你是書呆子
全　：不再重要　搖滾打敗所有的規矩

安　：於是我們開始搖滾的日子

　　　拒絕成為別人以為的樣子

全　：拆開新的 CD　音量開到十一

　　　讓我經歷所有經歷

　　　拯救世界就要從這裡開始


　　　拆開新的 CD　音量開到十一

　　　讓我經歷所有經歷

安　：拯救世界就要從這裡開始

全　：拯救世界就要從這裡開始


## 8-2


廣　：很棒耶看不出是第一次。

三　：還以為你會很拘謹呢，非常有舞臺魅力。

安　：那是你們對古典樂有刻板印象，貝多芬的〈悲愴〉、〈大黃
　　　蜂〉、〈超技練習曲〉飆起來比搖滾樂更 High，（低語）這
　　　邊早晚會變成我的樂團哼哼。（發樂譜）這是搖滾版〈卡農〉
　　　下次練……

吾　：／為什麼你們都不稱讚我？

廣　：你有做什麼特別值得稱讚的事嗎？

吾　：平常也很少稱讚我啊，幹麼誇他誇得要死，太得意就不會進
　　　步了！

三　：不要介意，他只有三歲。

廣　：你感覺……身體很健康。

吾　：這是稱讚嗎!?


（簡訊音效播完）


吾　：（看著手機）啊！橘子核爆演唱會！

三　：已經買票了。

吾　：橘子核爆！（邊講邊衝出去）

安　：他怎麼了？

廣　：常常這樣不用理他。（拿出耳機給安，蹲在安右邊）你聽一
　　　下。

安　：（要接過耳機，卻被廣主動戴好）啊！

廣　：怎麼了？

安　：耳朵，很癢。

廣　：抱歉。（聽一下）這是我之前沒寫完的歌，感覺這首可以當B
　　　段。（對三）你貼那麼近幹麼？

三　：（拿出手冊）安啟凡，高二，牡羊座，身高170公分體重58
　　　公斤，國中時參加管樂社，沒拿下冠軍，中止了該社團的
　　　連勝紀錄。此後人生似乎爲了雪恥而活。科展演講辯論都
　　　是第一，拿書卷獎，極受女生歡迎，戀愛經驗，零。正確
　　　嗎？

廣　：好厲害！

安　：／是沒錯但這什麼！

三　：這種事只要稍微調查一下就知道了。（整理手冊資料）

廣　：（對安）你也太厲害了吧！

安　：第一名有獎金啊，一隻法國號要六萬……

廣　：／噴，那體育應該不行吧？

《新社員》・前奏就用來接吻吧・

安　：來比一下啊！（伸出手腕）

（安拉著廣比腕力，安輕鬆獲勝）


三　：安同學在端盤子比賽也拿到很好的名次，臂力有鍛鍊。

安　：哈哈！

廣　：／但你沒談過戀愛！

安　：怎樣你談過哦？

三　：他剛分手沒多久。

安　：分手？（心裡刺痛了一下）

廣　：已經過去了。你也調查了啊。

三　：不，我不是每一件事都知道，特別是人心裡的想法。


（安、廣繼續聽音樂，稍稍沉默）


廣　：你不會介意吧？他只是要表達你加入他很開心。

安　：不，不會……

廣　：三三對喜歡的人都會建立檔案。我跟老吾都有一本，老吾的
　　　根本是百科全書的程度。

安　：誒！

廣　：他是執事嘛！

安　：綽號？

廣　：真的是執事哦，三三的爸爸是前任執事。

安　：老吾是少爺？

廣　：一點都看不出來吧？但社團的樂器都是他買的。

安　：真的假的！

吾　：（衝進來）你們不要去看橘子核爆的演唱會啦！（三立刻上去
　　　迎接）

## 8-3
### 〈執事之歌〉


安　：（口白）眞的是超完美執事。


（前奏下）

安廣：超完美的執事
　　　主人踩著褲管進門
　　　執事立刻跪下幫他捲好了


吾　：（口白）哎唷你們不要去看橘子核爆的演唱會啦？
安廣三：／主人
三　：你要先洗澡　先吃飯
　　　還是先讓我捲褲管
吾　：（口白）等一下啦誒你們
安廣三：／主人
三　：你的扣子沒有扣讓我幫你扣
　　　你的拉鏈沒有拉
　　　讓我幫你拉
安　：拉～
廣　：拉～
安廣三：主人　主人　主人
　　　（口白）Coffee, Tea, or Me?（三人輪流）

《新社員》，前奏就用來接吻吧，

安廣：超完美的執事

　　　執事看似溫柔

　　　但有的時候　會讓你沒有選擇


安廣三：主人

三　：你要先捲褲管　還是先捲褲管　還是先捲褲管

安廣三：主人

三　：你的晚餐沒有吃讓我餵你吃

吾　：／（口白）神經病

三　：你的後門部分沒有關

　　　讓我幫你關

安　：關～

廣　：關～

安廣三：主人　主人　主人

　　　（口白）Coffee, Tea, or Me?（三人輪流）

吾　：（口白）好，那個……

安廣：／這就是超完美的執事

吾　：／（口白）你們不要去看橘子核爆的演唱會啦！


安廣：超完美的執事

　　　一定就是太過完美

　　　才會讓你如此這般地心痛

三　：主人　不管你是小狗　還是機器人

　　　你都是我的主人

安廣三：主人　主人

三　：究竟誰是執事　誰是主人

吾 ：不要去橘子核爆演唱會？

廣 ：要去啊。

安 ：／已經買好票了。

三 ：／老吾。

吾 ：橘子核爆—（看著安，又看著廣）我不能說。（三聽了之後靠
　　　近吾想暗示他閉嘴）

三 ：老、吾。

廣 ：（把兩人推出去）好～了，要打情罵俏出去啦！


（三把吾帶出去，靠吾很近或壁咚）


三 ：恕我直言，你是不是收到何意澤的簡訊？

吾 ：你怎麼知道？

三 ：他加入橘子核爆，叫我們去看？

吾 ：他竟然還有臉叫我們去看！

三 ：因為我也收到簡訊了。（抓住吾的頭）不好意思你是白癡嗎？
　　　好歹也用點心思說謊吧。

吾 ：我不希望阿廣再跟他接觸了

三 ：如果，分手、阿澤退團其實是阿廣的錯？

吾 ：真的？

三 ：假設而已。你站在哪邊？

吾 ：阿廣。

三 ：如果阿廣偷東西？

吾 ：他不是故意的。

三 ：如果阿廣殺人？

吾 ：他不是故意的。

三 ：你認定誰是朋友，就會一直站在他那邊是吧？

吾　：不是本來就應該這樣嗎？

三　：我了解了。你有什麼想要達成的，只要許願就行了！（對著
　　　吾半蹲跪）

吾　：想跟大家一起，這樣一路開開心心地去參賽。

三　：遵命。（頓）我會守護你的願望。

吾　：很熱啦！你靠太近了。

三　：差不多該回家了，高爾夫老師已經在等了，老闆。（下）

吾　：請他回去休息，找爵士鼓老師過來。

9-1
## 花圃來來去去


八　：（把平板電腦放在花圃前，然後躲起來）莉莉絲該不會是我們
　　　學校的學生吧？偷看一下好了。（發現有人來了趕緊躲好）

（此時東一邊講電話走過來，順手拿起平板）

東　：沒事啊，跟以前一樣啊。（頓）當然喜歡啊。為什麼突然要說
　　　呢？（又把平板放下，順便坐下）等一下——
八　：莉莉絲是教官？
東　：有插撥。就只是同事。同事，男的。不要擔心好嗎？沒事
　　　的。等等打給妳好嗎？（掛掉，接起插撥）不要再打給我
　　　了，不要再見面了。（頓）我不愛你了。


（東離去）
（八疑惑地爬出來）


八　：偷聽好像不大好⋯⋯


（安跟廣背著樂器準備回家，八又躲起來）


安　：那個⋯⋯老吾是不是不喜歡我？
廣　：才沒有，他一開始跟人親近都是用兇的。一開始會認識是因
　　　為我營養午餐剩下茄子，他在旁邊，對三三音量還滿大地
　　　說，「那個人也太挑食了吧！」
安　：（笑罵）關他什麼事啊！所以你們認識很久了？

廣 ：國小五年級認識的，興趣很像所以就玩在一起，孽緣哪—

安 ：那你聽到他這樣說你怎麼回？

廣 ：就沒有反應啊，他更生氣，一直跑過來纏著我，就變成朋友了。

安 ：所以我就無視他。

廣 ：對，你不理他他就會更在意你。

安 ：啊，還要跟你道謝。

廣 ：什麼？

安 ：你是怕我尷尬所以在老吾欲言又止的時候叫他們出去的吧？

廣 ：沒有啊，只是他們很吵。

安 ：不管啦我要自己認定你是怕我尷尬。

廣 ：好吧，那你欠我一次哦。

安 ：沒有要還的意思哦。（頓，兩人沉默一下）

廣 ：你還沒有要回家？

安 ：我差不多了，你呢？

廣 ：我也差不多了。啊，今天好累。（躺在安腿上）

安 ：你之前的交往對象，是怎麼樣的人？（頓）啊要是不能問的話……

廣 ：可以問啊。（頓）就是一個，天生的搖滾歌手，很嫉妒又很羨慕……我已經沒有跟他聯絡了。其他的我都忘了。

安 ：怎麼可能忘記？


（頓，安、廣陷入沉默，安拿下眼鏡擦拭鏡片）


廣 ：嗯嗯—（端詳）

安 ：幹麼？

廣 ：沒戴眼鏡的樣子……

（安連忙把眼鏡戴回，廣緩緩拿下安的眼鏡。頓，沉默）

廣　：你不是牡羊座嗎？

安　：嗯。

廣　：牡羊座……不是都很衝動嗎？

（兩人陷入沉默）
（安轉頭看向廣，廣轉頭看向安，兩人對視）
（安突然親了廣的嘴脣一下，廣想主動靠近親更多）
（此時安轉身站起想跑走，廣抓住他的手）

廣　：跟我交往吧。

安　：（害羞過度）啊啊啊啊啊啊啊啊啊啊啊啊～～（跑走）

（廣看著安跑走的方向，此時東出現）

廣　：（有點慌張）教、教官好。

東　：社團……練得真晚。

廣　：要回去了……

東　：（頓）剛剛，你們兩個（停頓略久）你們兩個，剛剛，有把社
　　　團教室的門窗鎖好嗎？

廣　：有。

東　：那趕快回家吧。

廣　：教官再見。

（東心事重重地下）
（八有點呆然地從躲藏的地方走出來，此時莉跑上）

莉　：可惡啊，到底放在哪個花圃，我明明就講的很清楚吧……
　　　欸，小八，妳怎麼在這邊？

八　：（看到莉）……張維珊？

莉　：甯常夏！甯常夏！好歹也記一下同班同學的名字吧？張維珊
　　　是誰啊？

（八突然全身失去力氣癱在莉身上）

莉　：怎麼了？記錯名字也沒那麼嚴重吧？

# 10-1
## 〈用盡全力無法抗拒〉

（電鈴聲進）

雷　：（狂按電鈴）叮咚叮咚叮咚叮咚……

（東沒有開門）

雷　：（口白）東聲敏！開門！開門！

東　：（口白）雷老師，現在時間已經很晚了，這裡是我家。

雷　：憑什麼叫　小安退社

東　：（口白）雷老師要是對這件事情有疑問的話，請明天上班時間
　　　去學校，我們再討論。

雷　：他好端端的　為什麼要叫他退社

東　：（口白）明天去學校再說好嗎？現在時間真的已經很晚了。

雷　：到底是什麼原因　這是哪個單位的決定

東　：（口白）搖研社成員成績都太差了，他們不適合參加社團。

雷　：告訴我　實話（東一度想開門，到雷的身邊去）

東　：（口白）明天去學校再說！

雷　：告訴我　你為什麼要退縮（東忍不住開門）

東　：（口白）我不知道你在說什麼。

雷　：告訴我為什麼
　　　你已經伸手向我　卻還是決定放棄

東　：（口白）你在說什麼啊？你該回去了。

雷　：光聽你的聲音　我就能讀出動作表情

《新社員》，前奏就用來接吻吧，

東　：（口白）你眞的該回去了。

雷　：你的手違背你的話語

　　　伸手向我再一如往常地放棄

東　：（口白）你到底想要我怎樣！我不是⋯⋯

雷　：／看著我就像我看著你

東　：（口白）我不要

雷　：看著我

東　：（口白）我不要

雷　：看著我就像我看你

　　　看著我　看著我　看著我

東　：（看向雷）我不能看你　不能聽你　不能抱你

　　　不能從口中說出你的名


東　：模仿你的身影　疊著你的影子

東雷：穿你的衣服　依賴你的憐憫

　　　假裝沒有離開　假裝沒有離開過你

　　　離開你　就是離開世界

雷　：我接受你所有抗拒

東　：再靠近我　我就殺了你

雷　：我接受你所有抗拒

東　：再靠近我　我就殺了我自己

雷　：我最喜歡你用盡全力卻無法抗拒


（雷靠近東）


雷　：（接吻，一邊脫衣一邊親吻脖子耳朵）我眞的好喜歡你，好喜

　　　歡好喜歡好喜歡好喜歡⋯⋯

東　：嗯……啊……

雷　：你這裡的線條有多漂亮你知道嗎？

東　：那裡……不行……

雷　：我受不了你在別人面前露出這種表情。

東　：啊……嗯……不行……

雷　：你是我的。

東　：……只有你會讓我變成這樣……


（兩人肉體纏綿）


雷　：你是我的。

東　：嗯……只快……只……


（以下動作戲，喊喊對方名字，叫一叫，請自行分配）


雷　：這一瞬間　讓我重新活著

東　：我想要　我想要　我想要
　　　已經受不了　受不了　受不了

合　：我愛你　我愛你
　　　我裡面有你　你裡面有我
　　　我終於　不再孤寂

東　：主任上次開會提到，搖研社成員成績再差就不能繼續參加社
　　　團。

雷　：因為這樣叫他退社？我要去跟主任談。

東　：不，是我建議主任的。

雷　：你建議主任？

東　：搖研社全體成績進步，小安才能繼續留在社團。

雷　：你這是什麼意思？

東　：這是我的賭注。

雷　：賭注？

東　：他們能不能抵抗當初我們無法抵抗的事物呢？（頓）抵抗
　　　學校和家裡的第一個武器，就是成績。這個社會只要考好
　　　大學，有錢有地位，就算你私底下多變態別人也不敢說什
　　　麼。小安跟阿廣就算犯了我們當初的錯，只要成績好就會
　　　安全很多。

雷　：他們兩個？

東　：我看到他們接吻。

雷　：成績爛也好有人反對也好，我都站在他們這邊。

東　：你只是把身邊的人拖下水而已。

雷　：所以你覺得我們兩個是我把你拖下水？

東　：好，我也有錯。

雷　：你只是不像我愛你愛得這麼多而已。

東　：你要這麼想我也沒辦法。

（雷放開東，準備要走，轉身）

雷　：……他們不是我們。

東　：我知道。

雷　：這時代的小孩已經不一樣了。不像我們，一直在害怕還沒發
　　　生的事情，什麼努力都不做。


（兩人對視）


東　：我努力過了，你一直覺得我沒有努力，但我有，我真的，非
　　　常非常努力過了。

雷　：東……對不起……（試圖擁抱東）

東　：／不要再這樣下去了。（把雷推出門，頓）我一直都沒說，我
　　　快要結婚了。


（東把門關上）

## 11-1
## 八莉

八　：呃啊！（看四周）這裡是？

莉　：這裡是我家，妳剛剛暈倒了，有好一點嗎？

（頓，八看到莉手上都是漫畫）

八　：《轉校生的調教方法》、《社團學弟步步逼近》、《黑貓男
　　　友的玩法》……

莉　：被、被發現了！對我就是喜歡看兩個男生（音效逼）——跟
　　　（音效逼）——和（音效逼）——最好（音效逼）——跟（音
　　　效逼）——都一起來吧！我不是變態哦！

八　：兩個男生……

莉　：三個男生或是四個男生一起也很好。

八　：ＢＬ一定就是兩個男生吧？（頓）就算一個女生再怎麼像男
　　　生，也不是ＢＬ吧？就算她再怎麼想保護另外一個男生，
　　　也不可能變成王子吧？

莉　：妳是說那個女生想當攻？

八　：攻？

莉　：主動的那方。

八　：嗯。

莉　：牙敗（感嘆）—很萌耶！妳看過《凡爾賽玫瑰》嗎整部的敗筆
　　　就是奧斯卡最後變小女人青梅竹馬的安德烈突然變超帥去
　　　拯救她！奧斯卡帥到底去救安德烈才是讀者想看到的發展
　　　啊！

（電話振動聲進）

莉　：（頓）妳的電話一直響耶，是小安……

八　：／不要接。（頓）我想當的不是奧斯卡，是青梅竹馬的安德
　　　烈。我喜歡他。我喜歡小安。

（莉看著八，驚訝）

安　：（掛掉電話）搞什麼啊不回來也不講一聲，阿廣的事情要找誰
　　　討論啊。（傳簡訊）阿廣，我沒有跟別人交往過，不知道怎
　　　樣才是交往，但想先這樣相處下去。（頓，自言自語）拜託
　　　不要變得尷尬啊……

## 11-2
## 〈喜歡所以喜歡〉（全）

東　：就讓過去成為過去
　　　愛情終究會轉移
　　　練習責任練習抽離
　　　愛情不是人生的唯一

雷　：過去不會只是過去
　　　走了會留下回憶
　　　相信需要一點勇氣

拒絕我也別拒絕自己
廣　：過去不可能會過去
　　　留下來需要救贖
　　　犯過的錯都會記住
　　　愛上你不是一種寬恕

安　：今天也是新的過去
　　　想要重複那段腳步
　　　重複今天重複記住
　　　說喜歡會不會太倉促

八　：祝福你或者喜歡你
　　　喜歡你不是喜歡你
　　　你喜歡的不喜歡你
　　　朋友是我最後的遊戲

莉　：所有喜歡都要歡喜
　　　愛上了就好好去愛
　　　不要等到ＣＰ過期
　　　今天只有今天的唯一

安　：嘗試擁抱
雷　：再次擁抱
安雷：擁抱你直到墜落
東　：揮別過去
廣　：再見過去
廣東：過去的不再犯錯

八　：重新來過
　　　不再是你朋友的我
莉　：不要沉默
　　　告白沒有任何的閃爍
八莉：不要迷惑
　　　不是朋友的沉默
　　　不要迷惑
　　　今天只有今天的赤裸


安　：嘗試擁抱
八莉：重新來過
雷　：再次擁抱
八莉：不再是你朋友的我
安雷：擁抱你
八莉：別再來過
安雷：直到世界毀滅
八莉：今天就只有今天的赤裸
東　：揮別過去
八莉：不要迷惑
廣　：再見過去
八莉：不是朋友的沉默
廣東：過去的錯
八莉：不要迷惑
廣東：痛苦就是大於快樂／（疊唱）八莉：今天就只有今天的赤
　　　裸

《新社員》，前奏就用來接吻吧，

東　：就讓過去成為過去

雷　：走了會留下回憶

廣　：犯過的錯都會記住

安　：說喜歡會不會太倉促

————中場休息————

## 12-1
## 〈考試！別鬧了！〉（全）


八莉雷東：（場外口白）

燒毀學校！破壞教室！

撕碎考卷！不然就殺掉我們！

斬斷夢想！淹埋創意！

壓平特色！我們偉大的教育！


三　：曾經養過一隻倉鼠

吾　：灰色鐵籠灰色的倉鼠

三　：可愛的倉鼠很活潑

吾　：吃吃喝喝以及在滾輪上奔跑

廣　：每天都有吃不完的書

安吾廣三：我們都在考試的滾輪上不斷奔跑


吾　：我不想成為偉人

　　　書上也不會教人接吻

廣　：讓我當個平凡人

　　　想要愛卻被強迫競爭

三　：選擇題選擇　下一個甲乙丙或者 ABC

安　：填充題填滿　你想要的忠孝接仁義

安廣吾三：砍掉腦袋成為一個機器

　　　這就是你所謂的腳踏實地


安吾廣三：讓所有的小孩變成無用　的老師吧

持續在滾輪上奔跑抹殺　所有可能

只要有考試就不會有人喊　革命啊

廣　：砍掉手腳　去擁抱平庸


八莉雷東：（場外口白）

摧毀制度！焚燒教材！

不要排名！不然就殺掉我們！

拒絕填鴨！反對考試！

追求解放！我們不是老師的玩具！


安吾廣三：重複著已成為重複過的　所有廢話

每天每天吃著教材堵塞　你的才華

就算是最馴化的屍體也　勸你別掙扎

掏空內臟填滿了假話


## 12-2


雷　：好了不要唱了，吵死了，現在開始念書。

吾　：臭老頭！你根本就沒在聽人講話嘛！

雷　：現在不要煩我！（因被甩而 S 氣場大開）

吾　：……對不起。


（大家被雷的氣場鎮住）

三 ：請問老師心情不好嗎？

雷 ：差爆了，你們安靜一點，大人也是有大人的煩惱好嗎！

吾 ：有什麼煩惱講出來一起解決嘛。

雷 ：你先考好一點吧，還想解決我的煩惱？

吾 ：我只是沒念好嗎？一念下去，哇靠我讀書之神耶！

雷 ：哇那不就好棒棒（平淡地）。馬上滾去念書，最近我不想看
到你們出現在練團室。

三 ：（靠近雷，低聲）老師，您被甩了嗎？

雷 ：你！才沒有！（轉身走）大人要去喝酒了，小孩子乖乖去念
書吧！哼！

吾 ：這樣練習時間不夠啊！

三 ：把您打電動的時間省下來就夠了。

吾 ：噓！好啦，臭老頭心情不好，讓他開心一下啦。

廣 ：有小安在沒問題的。對吧？

安 ：嗯？嗯……（羞澀）那我看一下你們之前的成績？（三送上一
張紙）老吾！阿廣！你們是怎麼進來這間學校的？

吾 ：我很有錢。

廣 ：他把我弄進來的。

安 ：為什麼三三有時候一百有時候零分？

三 ：我拒絕背誦。（掏出一堆人際百科全書）除了我調查的人際關
係百科全書，我拒絕背誦任何東西。

安 ：現在開始，特訓！

《新社員》－前奏就用來接吻吧，

## 12-3
## 〈你還會對我說〉（全）

安　：紅色的筆　紅色的臉
　　　填充練習　填充時間
　　　問題有答案　關於你卻無解
廣　：證明萬有引力　卻不能證明
　　　愛情　那　一瞬間
　　　再多看你一眼　量變快質變
　　　思念怕　被　發現


三　：你跟小安最近有發生什麼事嗎？
廣　：沒有啊。
三　：你喜歡他？
廣　：滿不錯的啊，他很可愛啊。
三　：阿廣，你知道什麼是喜歡嗎？


三安：願你願望　都能實現
雷八：／能實現是何其有限
三安：我該如何　守護身邊
雷八：／想要守護你的心願
吾廣：就算不成眠
雷八：／就要音樂
吾廣：比賽更迫切
雷八莉：一起讓夢想　能夠實現

莉　：網路電臺哈幾嗎嚕～～隨著高中熱音大賽越來越近，各社
　　　團受人矚目的帥哥再度被拿出來討論，其中討論度最高的
　　　就是原東寺高中的前主唱何意澤，來看一下觀眾投稿，好
　　　的，有一封是：何意澤退社分手真相？doki doki，是八卦
　　　嗎？（頓，閱讀留言）這，真的嗎？我要趕快告訴小八……

安　：誰在網路上買東西？一大堆寶寶用蘋果泥、雞肉泥、米
　　　糊……
吾　：我買的，除了念書跟練習我們不能浪費無謂的時間，不用煮
　　　也不用咬，全部喝下去就行了
安　：直接喝？
吾　：直接喝。
安　：至少要加熱吧！
吾　：節省時間啦！

吾三：不約而同　休息時間
雷廣：／拿起了我那把吉他
三八：不約而同　休息時間
安廣：／下意識哼著那首歌
師八莉：就算不成眠
安吾：／就要音樂
廣　：比重要更迫切
吾　：一起讓夢想　能夠實現

雷　：（講電話）喂，我把你們的編曲錄了Demo，你們隨時可以跟
　　　著練習，加油哦。
安　：我好想洗澡。

三　：今天練習不夠，不能洗。

安　：已經三天沒洗了這是我家！

廣　：往好處想，原本老吾還想逼我們包尿布節省上廁所時間，幸好沒有。

吾　：你們有時間聊天怎麼不趕快來教我這題怎麼寫！

安　：就是你一直教不會我才不能去洗澡！


全　：被填滿的考卷　背面仍空白

　　　我畫下　你的臉

　　　被填滿的時間　仍會有一秒

　　　奔向自由明天


（八上場）


八　：（無精打采地）嗨大家。（安把八拉到一邊去）

安　：最近怎麼都這麼晚回來？

八　：如果我考第一的話，我有話要跟你說。

安　：誒誒？好嚴肅的樣子？

八　：哈哈，嚇嚇你看你會不會讓出第一名，我的事，很普通啦。只是可能要去沒人的地方講，屋頂好嗎？

安　：好啊。（頓）我最近有喜歡的人了。

八　：阿廣？

安　：妳怎麼知道？

八　：你們交往了嗎？

安　：還不算啦，交往該怎麼做才好啊？他最近又好像沒那麼主動……

八　：／嗯，這題怎麼寫？

（教室鐘響進）

## 12-4
### 〈考試時間〉

東　：考試開始。

（東發下考卷）
（莉大吃驚）

莉　：誒～考試了!?我這兩天都在煩惱小八，除了煩惱什麼事都沒
　　　做，根本沒念書啊！
東　：（打斷）課本收起來，考試時間五十分鐘。

莉　：拿著考卷　一題都不會
　　　昨天不應該　看肉本的啦
　　　想從小八眼神　讀出答案
　　　妳的心情　撲通撲通　好多畫面

　　　不能專心　小八說了嗎
　　　她表達了嗎　我好擔心她
　　　滾動五角鉛筆　猜測解法
　　　我的考卷　劈哩啪啦　好多男生

《新社員》・前奏就用來接吻吧・

只好偷看　老吾抬起頭

眼神發送著　完全不會寫！

為何我的考卷　不考　攻受

我也不會　關我屁事？不要看我！

好想幫妳　幫妳開口

妳的心情　無法傳達　很痛苦吧

氧化氫啊　氧化氮啊

正在摩擦　抱在一起　很開心吧


現實會像故事嗎

攻受可以逆轉嗎

告白就會在一起嗎

這比考試重要多了吧


我要專心　卻看著阿廣

阿廣看著我　想把他扒光

決定專心考卷　我要考試

考卷上面　男生男生

劈哩啪啦　都是男生

（口白）考試之神快降臨，ＢＬ之神快降臨！

東　：考試時間，還剩十五分鐘。

莉　：考試啊，考試……氧化氫……氧化氮……摩擦力……


（前奏進）

## 〈考試之神降臨（ＢＬ之神降臨）〉

神 ：痛苦的暗戀　痛苦的考試
　　　沒有念書　妳活該啊　活該啊
　　　這十七歲少女的心
　　　星星　月亮　氧化氮與氧化氫
　　　愛吧　愛吧　愛吧
　　　吃得腐中腐　方為人上人
　　　沒有念書　沒關係　沒關係啦
　　　只要了解男人就行
　　　分裂　融合　粒子　撞擊
　　　（口白）打咩　打咩　壓沒爹～～

莉 ：氧化氫壓著氧化氮，快受不了了吧？
　　　不，不要，用強迫的我絕對不會屈服！
　　　哈哈哈哈哈哈～～看看你那兩個原子，已經膨脹到不行了
　　　吧。
　　　不要……不要說出來，太丟臉了！

（以下安、廣、吾、三性感喘息聲，持續到莉啪滋結束）

莉 ：啊啊……已經……要爆炸了，讓正電負電一起，啪滋啪滋啪
　　　滋……

莉神：分裂　融合　粒子　撞擊
　　　（口白）打咩　打咩　壓沒爹～～

莉　：等一下！我的妄想！趕快停止！

神　：（帥氣地旋轉下場，一邊發出一些呻吟）氧化氫……氧化
　　　氮……氧化氫……氧化氮……氧化氫……

東　：考試時間，剩下十分鐘。


（安突然站起來交卷，跟八打 Pass，八交卷，跟安出去）


安　：這次題目很有難度，妳有寫完吧？

八　：嗯，寫完了。

安　：我覺得阿廣的狀況不太好，才拚個幾天，有點勉強。（頓）
　　　幫我個忙，來作弊吧。（準備要開口唱）

八　：怎麼作弊？


（安在八耳邊講悄悄話）


八：我不要。


（安懇求地拜託八，八只好答應）

## 12-5
### 〈答案的發聲練習〉


安八：Do Re Me Fa So～

（東看向走廊一眼，沒有阻止）

（安、八哼唱繼續，廣注意到）

廣　：為什麼突然在唱歌？

（三跟廣眼神對上）

安八：啦啦啦啦啦～

廣　：Do So Re Me Fa……，好像在哪裡看過？

三　：Do So Re Me Fa 是 15234，是第一大題的答案！

安八：（繼續唱接下來的答案）3132，223451423～

廣　：把答案唱成歌！

三　：老吾應該也發現了吧？（看著吾，吾舉起大拇指跟廣、三比了
　　　個讚）

（廣、三點點頭也比了個讚，開始振筆疾書）

（安、八唱下一大題）

廣　：Do 就是 1，Re 就是 2，Mi 就是 3，Fa 就是 4，So 就是 5。

安八：34321、55243、133554421。

廣三：什麼是正確答案，Do Re Mi Fa So 就是正確答案。

安　：接下來，（跟八對看）一起～

安　：Do ～／（和聲）八：Mi ～

三　：和聲？

廣　：Do 跟 Mi？

三　：兩個音。

廣　：難道第二大題是一

三　：複選題!?人只會看自己想要看的，這就是，心因性夜盲症，
　　　從單選題到複選題的瞬間，沒有看到標題；或者，看到複
　　　選題還是寫成單選題，這就是高中生活的最大危機。

安　：13212　12123／（和聲）八：35534　34355

安　：11121　32111／（和聲）八：54345　54343

安八：什麼是答案／（和聲）廣三：什麼是答案

安八：34355　54343／（和聲）廣三：12123　11121

安八：這就是答案／（和聲）廣三：這就是答案


（教室鐘響進）


八　　：加油哦，會順利的。（轉身離去）


（廣、三、莉交卷，吾仍在寫，東收卷）


## 12-6


（東拿著考卷）


東　：在發考卷前，我有幾句話要跟你們說。

安　：（轉頭看向三）該不會被發現了？

三　：先聽聽教官怎麼說。

東　：考試不是一次就算了，要是成績退步，會收回社團教室的使
　　　用權。

吾 ：誒～～

東 ：要得到什麼，就要做出相對的努力和犧牲，你不可能又不念書，又要玩團，又希望老師不管你。以前我也最討厭聽教官訓話，覺得不過區區一個教官，成不了大事只會罵學生，聽他的話以後只會變得跟他一樣普通吧。（頓）身為一個成不了大事的教官，唯一能告訴你們的是，如果你私底下有非常想保護的東西，普通，不要引起別人注意，是最好的。但是，如果你們強大了、無法忍受了，願意為想保護的東西犧牲一切，那就儘管去做吧，到那時候，就像你們知道的，成績一點都不重要。（頓）你們一定比我強多了。來拿考卷吧。


（搖研社一個一個沉默地站起來去拿考卷，離開教室）


莉 ：小八沒寫完？怎麼可能？教官我拿給她。


（搖研社一臉肅靜地看著考卷）


安 ：大家考得很差嗎？

廣 ：你呢？

安 ：一百分。

廣 ：一百分是這種表情嗎？

安 ：好像開心不起來。

吾 ：教官心情不好哦。

三 ：可能是要結婚了吧。

吾 ：那不是應該要開心嗎？

三 ：大人的世界是很複雜的。

（頓）

廣　：現在怎麼辦？

安　：數到三，一起把分數秀出來！

全　：／嗯。

（全部人圍成一個圈）

全　：一、二、三。（大家把考卷攤開）

（爆出歡呼）

安　：最低是老吾的九十分！太棒了！

廣　：多虧了小安。我怕考太好還故意寫錯兩題。

三　：／這次真的很難，沒有小安我一定不及格。

廣　：／我也是。

吾　：／小安做了什麼嗎？

（大家看吾）

廣　：他在走廊唱歌。

吾　：有啊，吵死了。

三　：他唱的是答案。

吾　：什麼！為什麼不告訴我？

三　：我以為你知道！

廣　：那你幹麼比讚啊！

吾　：我以爲你們問我狀況怎樣我就（比讚）Perfect 啊！

安　：等等，這就表示九十分是實力？

廣三：怎麼可能！

（眾人看著吾）

吾　：詼詼詼詼詼開什麼玩笑，我讀書之神啊，小蛋糕一碟啦。走
　　　啦，練團啦！

（眾人下）

安：我們來比賽誰先跑到練團室！

## 13-1
## 腐女、老師、小八

莉　：小八好像往這邊跑了……（走到花圃旁，聽到花圃後方傳來哭聲）不要難過啦。魯魯修也很可憐，他叫朱雀親手殺死自己，爲了終結仇恨故意把全世界的仇恨都集中在自己身上，妳有他慘嗎？萊因哈特跟齊格飛也是，齊格飛第四集就死了，就算得到宇宙，但沒有人跟你分享，那有多寂寞？星史郎跟皇昂流明明互相喜歡，但還是要相愛相殺！超慘的啊！（頓，哭聲還是持續，躊躇自己的說話態度）嗯，剛剛那段洗掉，重來。我有一段最喜歡的歌詞：「今後你一定會無數次無數次後悔，無數次無數次受傷，無數次無數次哭泣，不過每一次經驗，隨著時間過去，終有一天會漸入佳境，讓你捨不得放手，所以不要太快學會保護自己……」我最喜歡的歌詞，送給妳，送給妳就是我再也不會用它，不會打在網路上。（頓）嗯好啦，我跟妳說，其實我就是莉莉絲立刻溼的站長莉莉絲……有人投稿到我的網站，是阿廣跟前主唱分手的八卦，我覺得應該告訴妳……

（後方的人走出來，是雷）

雷　：謝謝妳。

莉　：老師！剛剛是你在後面？

雷　：雖然我聽不懂妳前面在講什麼，但我最喜歡的果然還是那個不懂得保護自己的我，也最喜歡那個用彆扭的方法保護我的人。我會再試一次，一次不夠，就再一次！（下）

莉　　：啊誒？我做了什麼嗎？小八到底跑去哪裡了……

（莉下，八從另一個花圃現身）

八　　：莉莉絲，張維珊？不對，甯常夏！

（八下）

《新社員》·前奏就用來接吻吧，

## 14-1
## 考完試的轉折：阿澤出現


（練團室）
（澤正在彈吉他）


安　：（衝進去）YA 第一名！咦？請問你是？

澤　：你就是新社員？

安　：是的我是小安，請問你是？

澤　：我叫何意澤。

安　：啊！前主唱！大家的偶像！

澤　：阿廣有跟我提過你。

安　：（覺得哪裡怪怪的）阿廣有跟你提過我？

澤　：你不知道我們交往過？

安　：不知道。

澤　：他沒跟你講啊？

安　：你們……是不是還有聯絡？

澤　：嗯，就算分手，有需要就還是會約出來解決。

安　：解決什麼？

澤　：分手變炮友很正常吧？


（頓）


安　：現在也是……嗎？

澤　：也是什麼？

安　：爲什麼要故意跟我說這些？

（此時吾衝進來）

吾　：第二名哈哈哈—（看到澤嚇到）啊靠腰！

（吾看著澤）

澤　：本來是想問你們要不要來看橘子核爆的Live，你們都沒回簡訊……但是看你這個表情我應該也不用問了吧。

吾　：你突然退社，社團變成我在扛，你覺得我們這樣還有可能是朋友嗎？

澤　：那你有站在朋友的立場上來關心過我跟阿廣的問題嗎？說到底你還不是希望假裝沒事繼續開開心心的社團社團社團。

吾　：你今天是來吵架的嗎？我們已經做夠多了但感情又不是別人能解決的！我也不想一直敷衍你給你希望！

澤　：你自以爲是在那邊搖滾，卻不關心別人，難道你所謂的搖滾就只是大家熱血地在舞臺上擁抱嗎？三三根本不在乎比賽，他在乎的是你，「你在乎比賽」，你沒發現嗎？（此時廣被三拉著衝了進來）

廣　：不要擋我！犯規啦！

（廣與三看到澤都安靜）

澤　：不用這種臉，我要回去了。

三　：（走到澤面前握住澤的手）好久不見，還好嗎？

澤　：還好。有敷衍還是比沒有好。（對廣）雖然我們分手了，但也不是都沒有見面，你有什麼決定，就告訴我吧。

吾　：你們有見面？

《新社員》‧前奏就用來接吻吧‧

澤 ：你會在意嗎？然後我不小心，說了。

廣 ：說？（轉頭找安）你是說？

澤 ：如果你是找新社員的話，他剛剛跑走了。

（廣看了澤一眼，轉身跑走）

三 ：（擁抱澤）阿澤，明知道我們快比賽了，來攤牌是為什麼？是因為阿廣跟你說，希望你們不要再見面了？

澤 ：你怎麼知道？

三 ：（拿出人際百科）根據我的調查。

澤 ：……阿廣真的已經不喜歡我了？

三 ：你們比較適合當朋友，分手是好事。阿廣之前因為你想放棄吉他退社了。

澤 ：那只是他自己想放棄又不甘心而已，把問題怪到別人身上很容易，可是這種問題誰都有吧？我也有比不上的人啊。

三 ：他有他的問題，但你在他身邊他是不會好的。（拍拍澤）走吧趕快去找他。

吾 ：到底發生什麼事？

三 ：小安喜歡阿廣。

吾 ：吧哺啦！（怒下）

三 ：（自言自語）你總是不知道很多事情。（對澤）隨時可以找我。

## 15-1
## 〈跑吧！美樂斯〉（全）


雷　：有人跑過去的時候，本來牽著的手，瞬間放開了。

東　：那是小安嗎？他要回家了哦？你們今天不用練團？

雷　：你剛剛幹麼放手啊？

東　：你也放手了啊？

雷　：誒還不是因為你會尷尬。手給我啦！

東　：不要啦。（雷欲抓東的手）

雷　：給我啦！

東　：不要。

雷　：手給我，我生氣囉。（東默默伸出手，抓到東手時笑意漸收）
　　　誒，我不能當你的伴郎，太傷了。

東　：對不起，只是除了你我真的不知道還能找誰。（頓）　誒，要
　　　是我們當年有像你這樣的老師，那就好了。

雷　：（苦笑）呵呵……（頓）東，我放棄的話，你真的無所謂嗎？

東　：有人來的時候我的第一個反應是放手，我應該已經失去說
　　　「不要放棄」的資格了吧。

雷　：小安？


雷　：他的背影好像過去的你
　　　你總是不斷遠離

東　：每一次遠離
　　　都等著你從背後擁抱　讓我轉向你

雷　：我永遠是個祕密

東　：沒有勇氣突破禁忌

《新社員》－前奏就用來接吻吧，

雷東：跑吧　就算是為了過去

　　　交織的命運無庸置疑

　　　從木已成舟的過去

　　　向未知的未來前進

　　　（口白）距離小安失蹤，還有三十分鐘三十九秒！


莉　：小安跑過去的時候，我們躲起來了。

八　：哇！哇！

莉　：怎麼了？

八　：妳竟然是那個掌握了校園帥哥資訊的，莉莉絲！

莉　：妳不覺得我變態哦？

八　：有一點。

莉　：喂！—

八　：開玩笑的啦，如果妳是變態的話，那我是什麼？—

莉　：態變？一種大便，嘻嘻。（頓）冷場了 Sorry。

八　：我想要請妳幫我一個忙。

莉　：什麼？

八　：熱音大賽幫小安他們宣傳，如果妳拍照片上傳，一定可以吸引粉絲投票。

莉　：嗚～妳在無怨無悔什麼啦？（淚目）莉莉絲最受不了這種了……

八　：所以搖研社瀕臨解散的真相是（莉：「直接被無視了」）阿廣根本就不是因為喜歡何意澤才跟他交往，只是利用了他的音樂才能？

莉　：那個留言是這樣寫的啊。

八　：不管，直接去問清楚啦。咦，小安？小安！跑走了。

莉　：好像在哭耶？

八　：沒有見過那樣的小安，一定是搖研社出了什麼事了！

八莉：（口白）走吧！　讓我們不再哭泣

　　　交織的命運無庸置疑

　　　將那友情進行到底

　　　找出青春的謎底

　　　（口白）距離小安失蹤，還有二十分鐘十二秒！


（三、吾尋找安）


吾　：三三，我是不是一直都不會關心身邊的人到底發生什麼事
　　　情？


（三看著吾）


吾　：剛剛阿澤告訴我說你根本就不在乎比賽，你會在乎只是因為
　　　我很在乎比賽，是這樣嗎？

三　：（頓）是。但如果是這樣的話，對你來說會有任何影響嗎？

吾　：不會，我還是想贏。

三　：太好了，你只要做原來的你就可以了。我們再去找找。

吾　：三三，一直以來謝謝你跟你爸爸了，幫我們家做這麼多。

三　：傻瓜，你只要做你喜歡做的事就可以了。（接起手機）喂？小
　　　安？

吾　：通了嗎？


（三對吾搖頭）


吾三：追吧　終究是為了弟兄

交織的命運無庸置疑

搖滾　已經不再是遊戲

認真才是最叛逆

（口白）距離小安失蹤，還有十分十秒！


（眾人會合）


雷　：今天練團取消了哦？

吾　：剛剛發生一些事情……你們有看到小安嗎？

雷　：之前看到他離開學校了。

東　：還是回家了？

莉　：剛剛看到小安好像在哭耶！叫他他也沒聽到一樣，跑走了。

八　：我剛剛打電話回家也沒人接。

雷　：先分頭去找！你們找那邊，我們找這邊！


廣　：橫的那條線是我

　　　直的那條線是你

　　　像經緯線一樣確定

　　　交織的命運無庸置疑


　　　無法理解為何我們相遇

　　　你跑掉　有著這個原因那個原因

　　　在思索該如何解釋之前

　　　只想　要找到你　你在哪裡


　　　追出去　追著你　跟著跑　沒有道理

　　　哼著那一首歌　你曾對我唱的歌

想對你唱那首歌　我們一起寫的歌

（口白）距離小安失蹤，還有一分鐘！

全　：跑吧走吧追吧

　　　命運交織無庸置疑

　　　跑吧走吧追吧

　　　命運交織無庸置疑


八　：（口白）距離小安失蹤—

全　：（口白）五、四、三、二！


## 15-2
## 熱血校園 Scene，腦中幻想


莉　：這時候，小安遠遠地出現在屋頂上，強烈的背光，清晰地看
　　　到他的輪廓，他就像吸引魚群的燈一樣發亮，所有人都知
　　　道他在那裡，就在那裡，一定在那裡，朝著他跑過去，沒
　　　有問題！只要大家在一起！沒有問題！拚命吵架！拚命和
　　　好！青春無敵！

吾　：在屋頂上嗎？小安？小安在屋頂上！

三　：不要衝動！

安　：不要過來，我討厭你們！

雷東：小安！回來！

安　：反正喜歡阿廣的事情已經被知道了，繼續下去也只是越來越
　　　尷尬，一定覺得也沒認識多久就喜歡上很奇怪吧—

《新社員》‧前奏就用來接吻吧‧

八 　：眞的要說奇怪的話，是我才對吧！

安 　：什麼？

八 　：我，我喜歡你！

安 　：妳說什麼？

八 　：我最近發現我喜歡上你了，很奇怪吧！很噁心吧！

安 　：如果我覺得妳噁心，那我不是也很噁心嗎！

八 　：只要你不討厭我就好了！

安 　：我怎麼會討厭妳！妳是我唯一的朋友啊！

八 　：你也是我唯一的朋友！雖然我最近有新朋友了，但你還是我
　　　　唯一的朋友！

莉 　：小八的朋友也是我的朋友！

廣 　：（跑到屋頂上的安身旁）一起回去吧。

安 　：不要！

廣 　：你怎麼不懂呢？

安 　：不要！

廣 　：對你這麼執著，是爲了什麼？

安 　：不要！什麼？

廣 　：這裡是屋頂，在這裡告白，一定會成功對吧？（大聲得有如
　　　　青春電影）我非常～～喜歡～～小安～～

安 　：你騙人。

廣 　：是眞的，你不見的時候我才發現我有多麼不想失去你，不想
　　　　讓你誤會！

安 　：你才不喜歡我，一定是騙人的！啊，陽光好刺眼，刺到我眼
　　　　睛了！

衆人：危險！

（安要掉下來，廣急速奔跑，廣、眾人跟八一起接住安）

## 15-3
## 〈夕陽之片尾曲〉（全）


全　：所有的所有　在屋頂閃耀
　　　一次又一次　深情擁抱
　　　把哭泣　歡笑過的
　　　都大聲宣告
　　　我喜歡你


全　：而唯一的奇蹟

三　：（口白）恭喜！

全　：就是我愛著你

吾　：（口白）恭喜！

全　：唯一的奇蹟

八　：（口白）恭喜！

全　：就是我愛著你

廣　：（口白）恭喜！

全　：只要有你在

雷　：（口白）恭喜！

全　：那天空

東　：（口白）恭喜！

全　：再遠都能翱翔

莉　：（口白）恭喜！

全　：就讓我們一起
　　　永遠不分離

《新社員》‧前奏就用來接吻吧‧

莉　：拚命吵架！拚命和好！青春無敵！

吾　：在屋頂上嗎？小安？小安？

廣　：不在。

三　：都找遍了。

雷　：我們去警衛室看一下。（雷與東下）

廣　：還是你們先回去練啊？我再去找。

吾　：爲什麼一定要談戀愛啊？爲什麼分手了就不能一起玩團？

廣　：分手了就不可能啊。

吾　：爲什麼爲什麼爲什麼？

廣　：現在可以不要問爲什麼，可以先找人嗎？

吾　：爲什麼有事情都不跟我說啊！

廣　：有的事情就是會不知道怎麼說啊！不是每個人都能跟你一樣
　　　一直往前衝，反正會有人照顧你不讓你受傷！

吾　：我才不用別人照顧咧！（拽住廣，三試圖要拉開吾與廣）

莉　：小安不是在屋頂上嗎？

八　：沒有啊。

莉　：咦剛剛……剛剛小安在屋頂上面，妳跟小安告白，小安完全
　　　沒有討厭妳哦，他說妳是他唯一的朋友，很溫柔，阿廣也
　　　跟小安告白，他們互相喜歡，大家終於把事情講開，一切
　　　都跟我想的一樣—

八　：哪有這麼好的事情？

莉　：是嗎？

八　：那是妳的幻想吧。

莉　：原來是我的幻想，我就想說怎麼可能呀，小八也變得又坦率

又可愛比現在的妳可愛多了。

八　：現實人生怎麼可能那麼順利，妳呀，就是漫畫看太多了。


（頓，這句話踩到了莉的地雷）


莉　：妳再說一次。

八　：現實人生是不可能像漫畫那樣美好的。

莉　：喝啊！（推八摔在地上，搖研社的人發現不對勁）

吾　：怎麼了不要打架！

莉　：如果現實人生不能像漫畫一樣，那就是現實人生的錯！

八　：蛤？

莉　：現實人生不努力向漫畫看齊，還要嘲笑漫畫，這不是現實人生的錯嗎！

八　：妳在發什麼火啊？

莉　：漫畫是一個人創造出來、讓很多人變得幸福快樂的東西！現實人生有那麼多人，卻連讓一個人變得幸福都做不到！都吸爹！（頓）喜歡就直接說喜歡，被拒絕就乾脆地哭，反正會拒絕妳那就是妳人生的男二，真正的男主角之後才會出現！（頓）你們！（指吾跟三）事情發生只會怪來怪去，給我回去看漫畫學習怎麼用心溝通！用心！（頓，指廣）你！你對小安是什麼心情？

廣　：我……

莉　：／不管是拒絕還是接受，如果不抱著百分百的誠意去回答，那就沒有當人類的資格！
　　　（對八）妳、妳相信有聖誕老人嗎？（頓）相信世界上有聖誕老人，還是相信漫畫，反正就是要選一個來相信，就是這樣啦！（轉身離去）

八　：妳扭到腳了？

莉　：我自己會走！


（莉下，八跟著下）


吾　：不是本來就有聖誕老人嗎？

廣　：聖誕老人嗎……

吾　：我每年還都有拿到禮物咧！

三　：阿廣，我只想確定，你喜歡誰？（拿起人際百科全書）根據我
　　　的調查，你跟阿澤會分手是因爲你發現比起喜歡，其實更
　　　嫉妒阿澤的才華？

廣　：爲什麼突然……

三　：／是嗎？

廣　：阿澤一直跑在前面，到後來我連在他面前拿起吉他都覺得丟
　　　臉，只有激怒他才能感覺到一點點自己的存在……

三　：那小安……

廣　：／一起寫歌的時候開始在意小安了。

三　：因爲跟小安在一起比較有自信？

廣　：不是，我第一次覺得可以跟一個人一起前進。

三　：你喜歡小安？

廣　：嗯。

三　：你眞的非常喜歡他？

廣　：眞的，我不知道怎麼證明怎麼解釋，但我是眞的—

三　：（打斷廣）好了，到此爲止。（拿起一直握著的手機，跟安通
　　　話）小安，你都聽到了吧？

廣　：小安？（想拿走手機）

三　：（掛掉）剩下的去跟本人說吧。說到一起寫歌，根據調查，你

知道小安在哪裡了嗎？

廣　：社團教室？


（吾先跑走）


三　：去找他吧。

廣　：（頓）你希望我們和好是爲了誰，不告訴他嗎？你才是他眞正
　　　的聖誕老人不是嗎？

三　：他只要繼續相信有聖誕老人就可以了。

廣　：爲什麽能這樣照顧一個人？

三　：不，被照顧的是我才對。被老吾相信著，需要著，才會有現
　　　在的我。有送禮物的對象，聖誕老人才會是聖誕老人，不
　　　然，他就只是一個有點胖的，（頓）老人。


（廣跟三對看，廣拍拍三的肩）


吾　：在幹麼！他在社團我們過去吧。

三　：把時間留給他們吧。

安　：喂！（上場）還在想說幹麼三三要打給我……我不會退團
　　　啦，畢竟我想去比賽，而且三三那麼努力要讓我們和好。

吾　：好耶！

安　：雖然講的都是我想聽的話，不過不是因爲遇到我所以你想繼
　　　續，是你本來就沒辦法放棄搖研社吧？我理解看到別人太
　　　厲害所以想放棄的心情，這種心情我也有過……不過現在
　　　跟我說喜歡是怎麼樣？我原本也喜歡你，但這完全不是想
　　　像中開心的告白啊！沒辦法說出「一起克服困難」這種話
　　　啊！搞不好你昨天還在跟阿澤幹麼！

《新社員》・前奏就用來接吻吧・

廣　：／我沒有！我可以解釋！

安　：／我不要聽！所以現在是怎樣？我喜歡你你喜歡我皆大歡
　　　喜？怎麼可能啊？萬一我之後發展出很厲害的音樂才能，
　　　你又壓力很大怎麼辦？根本超不可靠的。

廣　：我經歷過挫折總會改變啊。

安　：人才不會變咧，我國中跟我現在根本一樣啊。

吾　：我好像也都沒什麼變。

廣　：你聽我說～～（要搭安的肩）

安　：不要碰我！你又不會變！

廣　：我會！

安　：你不會！

三　：／你不會！

吾　：／你不會！

廣　：／（罵三跟吾）你們幹麼！

吾　：你怎麼可以隱瞞我們你跟阿澤見面的事？我一邊罵他退社，
　　　你一邊還跟他偷偷見面？

廣　：就剛分手嘛……剛分手都會這樣，很多人都會這樣啊。

吾　：我才不管很多人咧！所以分手到底是誰提的？

廣　：最後是他提的，但我前面提過一百次。

吾　：所以是你的錯？

廣　：是我的錯。

三　：／是我的錯。

吾　：／（罵三）關你什麼事，這種事沒有對錯啦。那小安要跟阿
　　　廣交往嗎？

安　：現在？怎麼可能？

吾　：那你不要喜歡阿廣好了，當朋友就好這樣練團比較輕鬆。

安　：嗯……

吾　：他最近還在跟別人亂七八糟而且故意隱瞞，他以後一定會騙你，你不要喜歡他，從今以後再也不要喜歡他了。

安　：⋯⋯我⋯⋯

吾　：做不到吧？（頓）本來就不是因為這個人心地善良、人很好而喜歡他，所以也沒辦法因為覺得他不好而討厭他，有缺點更會增加對他的喜歡，在試著幫他找原因、去理解他的過程中，只會越來越喜歡。好壞參半的人才更吸引人。（頓）幹麼？

廣　：你撞到頭哦？

三　：難得你說出有點道理的話。

吾　：因為我就是喜歡難相處的人啊。

三　：什麼！難相處的人，是指⋯⋯（指著廣）

吾　：（十分自然地）哎你就是難相處的人啦。

三　：（低頭）謝謝誇獎。

吾　：那，小安跟阿廣的事情，就先放著吧，反正現在也不能決定。


（頓）


安　：但我不要跟阿廣講話哦，他搞不好昨天還在跟阿澤—

吾　：結果這是你最在意的事對不對？


（沉默一陣，廣正要開口：「我—」）

（八出現）


八　：你們！（抓住安跟廣）到屋頂上，給你們十秒，十九八七六五四三二一。

《新社員》，前奏就用來接吻吧，

安　：誒倒數了。

（安、廣跑上屋頂）

八　：雖然我不看漫畫，現實中也沒有漫畫，但只要去創造就好了！（對著平板電腦，電腦傳來莉莉絲網站上線「啪滋啪滋」的音效）對吧莉莉絲！對不起剛剛嘲笑妳！真的很抱歉！我知道妳說的是真的！

（莉出現在房間光區，看著電腦）

八　：你們，告白吧！只要在屋頂上告白就會實現！這就是屬於高中校園的魔法！小安你跟阿廣說：不要過來！我討厭你！阿廣你跟小安說：我對你這麼執著，你還不了解嗎！我〜非〜常〜喜〜歡〜小〜安〜阿廣你們對著夕陽，啊，晚上了，沒有夕陽，沒關係，把夕陽放在心裡，來吧，愛的大告白，就算很夢幻很不現實很不可能，只要講出來就會變成真的，對吧，莉莉絲。

莉　：嗯。

八　：我要開始錄影了！

莉　：好。

安　：呃……小八？

八　：說，不要過來，我討厭你！

安　：呃……現在？我是叫阿廣不要過來嗎？但阿廣也沒有過來啊？

八　：算了，阿廣，你直接跟小安說，我非常喜歡你。

廣　：蛤？我剛剛有跟他說啊。

八　：要大聲地，像青春電影一樣用全身的力氣吼出來！這樣才會
　　　實現！

廣　：（小聲地）我⋯⋯我⋯⋯

（吾衝上屋頂）

吾　：我非常喜歡你！

三　：誰？

吾　：不知道！換你。

三　：（棒讀地）我非常喜歡你。

吾　：你超沒感情的。

八　：好很好，你們表現得很好但不關你們的事情。（對廣與安）誒
　　　換你們了。

安　：我不要！這是被強迫的！

八　：來吧！我非常喜歡你！要用丹田！

廣　：（小聲）非常喜歡。

八　：要再大聲一點！

安　：（吸一口氣又放棄笑出來）不行啦，做不到，這是在幹麼？

（頓）

八　：那我來示範，（認真地對安，大聲）我、喜、歡、你！！！（停
　　　頓，真誠而小聲地）我非常喜歡你。

（陷入長長的沉默，安愣住）

八　：（噗哧笑）哈哈哈，嚇到了吧？

安　：哎唷真的有嚇到我！（屋頂上的眾人大笑）（對廣）那我也非
　　　常喜歡你一下！啊哈哈哈哈哈！

廣　：（青春電影般）我非常喜歡小安！

吾　：我非常喜歡搖研社，啊哈哈哈哈哈哈！

廣　：我喜歡音樂！

吾　：我喜歡第一名！

廣　：第一名！

安　：小八！（吵鬧聲中，安對著八做「重要活」手勢，兩人對視）

三　：我～喜歡～老吾！（大家驚訝地看著三）也喜、歡其他、人。


（燈暗）

## 尾聲

澤　：大家好，這裡是全國熱音大賽，我們是擔任示範表演的橘子
　　　核爆！表演不需要示範，爽就好了！（由飾演澤的表演樂手
　　　自由發揮唱歌前的口白）

（橘子核爆示範表演）
（示範表演結束）

安　：好棒。

吾　：超強的

廣　：真的。我有寫信跟他道歉。

吾　：寫個屁，道歉有用的話要警察幹麼！

三　：（打了廣的頭）據我的調查，你的信被撕掉了，連看都沒看，
　　　請不要再節外生枝，就讓時間治療一切。

廣　：為什麼你都知道啊？

三　：因為阿澤都會跟我抱怨你啊。

吾　：應該的，你少做點無謂的事情。

廣　：為什麼你們好像滿站在他那邊……

吾　：因為是你的錯。

廣　：你不是說沒有對錯嗎？

吾　：（怪聲）＊＆％＄＃＠對錯

（在音樂聲中將樂器定到比賽表演的位置、調音、試音）
（過程中廣對安特別多加照顧）
（吾非常緊張）

（安拒絕廣但又沒有太拒絕的傲嬌反應）

（八、莉穿著Cosplay服裝上場幫社團加油）

莉　：比賽還沒開始，不要扭扭捏捏這樣更顯眼。

八　：穿這樣我無法不扭捏啊。

莉　：這樣很有效果，超卡扣一的。

八　：這樣走進會場真的太Over了！

莉　：放心妳不是最Over的。我夢想中的愛的大告白，只差妳了
　　　耶，妳沒有要告白嗎？

八　：……也算是告白過了啦，雖然好像是假的。

莉　：那我問妳，從一到十，一最弱，十最強，妳想要長出（音
　　　效逼），晚上把小安（音效逼）來（音效逼）去的心情有多少
　　　呢？

八　：等等等等跑太遠了啦！我才不會回答這種問題！

莉　：沒有轟轟烈烈的告白也沒有H，如果這是同人本應該是最無
　　　聊的吧，沒有任何進展嘛！

八　：那真是抱歉了。

莉　：那我跟妳告白好了。

八　：咳、咳，害我嗆到。

莉　：啊，最Over的那個來了！誒我們先去找位子。


（東穿著西裝禮服從另一個入口入場，在尋覓雷）

（雷穿著犬夜叉的Cosplay服，入場）

（東和雷互看的時候，場上眾人調音時展現的互動還是要持續）


雷　：（攻擊東）你已經死了。

東　：小雷？你幹麼穿這樣？

雷　：加油的 Cosplay，帥嗎？

東　：這什麼啊？

雷　：漫畫啦，犬夜叉。

東　：我只覺得你很像布袋戲。

雷　：什麼啊誰誰誰—

東　：素還真。

雷　：屁啦。（頓）你今天很帥。

東　：穿這樣很不習慣。

雷　：你會待到比賽結束嗎？

東　：應該沒辦法，等一下要先回去準備了，你不會穿這樣來吧？

雷　：（點頭，然後笑）我有帶西裝來啦。

東　：（此時廣跟安有一個比較親密的動作）阿廣跟小安在一起了？

雷　：不知道，現在是阿廣比較黏比較主動。

東　：我還以爲阿廣一直會是被愛而不是愛人的那一方。

雷　：（頓）他現在知道感情就是要表達出來才不會有遺憾，（因爲
　　　似乎講到了自己的心聲而轉移話題）啊，（指著吾）老吾好像
　　　以後不玩團了，之後要接家裡的公司。

東　：三三一定跟他同進退吧？

雷　：我不覺得三三眞的完全是因爲老吾才碰熱音的，他應該滿喜
　　　歡玩樂團的只是不會主動講。


（頓，臺上的一個互動，比如吾鼓棒掉了被三帥氣接到，讓東、雷
笑了出來）


雷　：什麼啦，調個鼓還能有什麼問題！（上臺打了吾一下）


（安跟 PA 試音）

東　：我該走了，謝謝你願意當我的伴郎，那，晚點見。

雷　：晚點見。

東　：（走，轉身離去，好像決定了什麼，再回頭擁抱雷）我喜歡
　　　你。這十年來我沒有一天不喜歡你

雷　：（小聲地）等等……這邊很多人……

東　：如果可以，我想跟你結婚

雷　：有人在看……

東　：你是我最喜歡的漫畫人物！從高中到現在，因爲有你我很幸
　　　福，怎麼會有這麼帥氣的漫畫人物！我不會再喜歡別的了。

雷　：如果有一天，二次元和三次元可以通婚─

東　：如果二次元和三次元可以通婚，我就要跟你，跟素還眞結
　　　婚。

雷　：／我是犬夜叉……

東　：好，跟犬夜叉結婚。

雷　：晚上的婚禮，如果我哭的話，那一定是因爲我們社團拿了第
　　　一名，我喜極而泣。

東　：那我看見你哭的話，就知道他們拿第一名了。

雷　：嗯。（東轉身要走，雷幫東整理領帶）Bye Bye。一定會拿第
　　　一名的。


安：大家好，我們是原東寺高中搖研社！爲大家帶來〈仿聲鳥〉！


## 〈仿聲鳥〉


安　：在眼神中　燃燒你的倒影

原來只是　夢中的仿聲鳥
在夢境裡　追逐對你的依戀

唱你唱過的歌
說你說過的話
你崇拜的信仰
依然傾斜在我的心
在街上徘徊遊蕩
卻無法喊出你的姓名

* 在眼神中　燃燒你的倒影
原來只是　夢中的仿聲鳥
在夢境裡　追逐對你的依戀
唱著你曾唱過的歌
疲憊地走在你曾走過的路

擺脫讓時間倒流的夢
曾經以為是愛情以為想念你

離開我眷戀過的影子
從今　我必須認識真正的自己
傾聽　沒有你的世界 #
（反覆 * 到 #）


（莉、八跳起來加油，莉黏著八，八半抗拒）
（表演結束，眾人下）

安 ：（獨白）爲什麼我們都會記得青春時代的吻？因爲是初吻？還是因爲那是躲起來，趁大人不注意偷偷摸摸的禁忌之吻？可能都不是。是時間，時間把這個吻拉長了。變成大人以後，爲什麼會覺得每一年過得越來越快？隨著長大，一年在一生中所占的比例越來越少。對一個三歲小孩而言，一年的時間占了他人生的三分之一，所以那一年對他來說是偉大而漫長的，但對於一個三十歲的大人來說，一年的時間只占他經歷過的三十分一，一年開始變得渺小而重覆。時間是固定的，分量卻變得越來越輕。如果你在十七歲的時候，擁有一個七秒鐘的初吻，本來只是短短的、令人心跳加速的瞬間，但隨著時間過去，比例拉長，十七歲那一年的七秒，可能相等於七十歲那一年的兩百八十七分鐘。當你擁有將近五個小時、炙熱美好的吻，你就可以在甜蜜又漫長的嘴脣跟嘴脣之間，在掃過臉頰旁輕輕癢癢的呼吸之間，靠著這樣的回憶，這永恆，且會不斷延長的七秒，靠著它，度過長大後任何一個漫長無聊的下午。

## 〈晴天的雲〉（全）

全 ：不喜歡晴朗的天空
不偏愛好得過分的人
沒有一片雲的天空
不覺得有點討厭嗎

三 ：你露出了大人的臉
　　　把我留在稚嫩的從前

吾 ：如果走上不同道路
　　　回憶是否會漸漸遙遠

安 ：或許就是因為缺點
　　　才會讓人對你如此愛戀

廣 ：或許因為你的愛戀
　　　才能看清自己的深淵


三吾：未來不是明天
　　　是當你先走　要追上你的那一秒間

安廣：怎樣人生不會後悔
　　　愛與被愛　如何沒有虧欠
　　　放學走的路
　　　是否可以通往所有的終點


全 ：即使是　正午的太陽
　　　也長著黑色的斑點
　　　不管是誰的心中
　　　一定有哪裡不願被看見


雷 ：和你相遇　這個世界
　　　就已經是奇蹟的恩典
　　　雖然你總是不夠勇敢
　　　仍感謝你在我身邊

八 ：說著不喜歡他
　　　我卻知道你說謊會咬著指尖

莉　：說著不喜歡他
　　　那什麼時候才要跟我牽牽
東　：都是我不好
　　　但全世界最不想在你眼中看到討厭


雷東：如果每天勇敢一點
　　　何時才能平凡相戀
三　：如果每天原諒一點
　　　哪天我想再陪你抽菸
吾　：如果你們在我身邊
　　　我會一天比一天還炫
安　：如果　這不是如果
　　　我們能做的就是生活


八安：在那天
其他人：決定的　重要的　最後的
全　：那天到來之前


全　：在那天　給我一個平凡世界
　　　不論是誰　都有著被愛的可能
　　　到最後　可以抵達最美麗的邊界
　　　一樣得到　一樣的幸福


全　：如果真有　那一天
　　　在結局之前
　　　總是要吃飯睡覺
　　　總是要吵架流汗

安　：你這 B 型果然有著 B 型的討厭

廣　：我果然還是原來的我　好煩

三　：總是流著無謂的眼淚

吾　：總是在浪費時間

東雷：總是死不承認你的缺點

全　：不喜歡晴朗的天空
　　　不偏愛好得過分的人
　　　成為夥伴的人　就是有哪裡討厭
　　　僅僅唱著歌　就會變成溫柔的臉
　　　僅僅唱著歌　或許就能帶來明天

　　　在那天　給我一個平凡世界
　　　不論是誰　都有著被愛的可能
　　　到最後　可以抵達最美麗的邊界


八　：無論有多麼幸福

廣　：或者是多麼不幸福

三　：經過二十四小時　又回到原點


莉　：在晴朗的天空找到一朵雲
　　　為什麼我反而覺得安心




————全劇終————

《新社員》番外篇

# 春：八莉之章
## 從ＢＬ圈淡出?!

莉　：(有氣無力地)大家好，又到了莉莉絲立刻濕打抗每天早上的
　　　更新。(頓)嗯，又到了每天早上的更新。(頓)

網友們交雜的聲音：
　　　「不是已經兩個禮拜沒更新了嗎！」
　　　「就算更新也沒什麼內容！」
　　　「這陣子的照片和文字一點熱情都沒有！」
　　　「無聊！」
　　　「樓上不要激動。要是真的在忙就不用勉強。」
　　　「不用因為妳是大大、巨巨就一定要生出東西啦！」
　　　「讀者沒那麼好騙！」
　　　「也有人就脫離這個圈子了啊！」
　　　「大家都還有現實生活的壓力！」
　　　「莉莉絲還是學生？還是在上班？」
　　　「誄誄我最近看到一個新的部落格，裡面的圖文都很有
　　　趣！」
　　　「喔喔喔新糧食！」

莉　：對不起。

(鐘聲響，八跟安走進教室，網友的聲音漸遠)

安　：（邊說邊上）早自習沒有要考試？可惡啊我昨天多念了！

八　：你不要那麼認真我壓力很大……張維珊呢？不是說要早點來
　　　拿漫畫給我們嗎？

安　：她剛剛傳簡訊說她不舒服今天請假。

八　：怎麼會傳給你？好吧（打開 iPad 查詢）所以阿廣他今天又放
　　　你鴿子了？

安　：哎，我就知道他早上一定起不來。

八　：所以說早上一起上學這種話就當耳邊風是嗎？

安　：本來就沒有當真啊，放學一起就好了。

八　：他也知道自己做不到幹麼每次都要做這種承諾？

安　：他就以為自己做得到啊。

八　：你人也太好了吧。

安　：我有在算扣打的他已經丑三了，差不多累積到十次我就會教
　　　訓他。

八　：我真的不知道你有這麼血腥的一面。咦？

安　：我知道他很喜歡我。

八　：莉莉絲打抗？無限期停止更新？


（莉面無表情，燈區突暗，莉躺在地上，身邊是漫畫）
（八站起身）


八　：小安，我今天請假！

安　：請假？好，我說妳急性上呼吸道感染併發咽喉炎及鼻腔口腔
　　　黏膜發炎導致白血球增加四肢無力喔，其實就是感冒。


（八衝到莉家）

八　：妳怎麼了？部落格怎麼了？

莉　：不要管我。我完了。

（頓）

八　：妳生重病喔？

莉　：比生病還嚴重！我對ＢＬ失去興趣了！

八　：爲何？

莉　：我不能說。（頓）哎我人生除了ＢＬ就一無所有了啊。

八　：還是妳感冒了？

莉　：這些漫畫都送妳吧。（拿漫畫給八之後，滾來滾去）

八　：我不要啊我家放不下。（放下漫畫）

莉　：那給小安！他一定會好好珍惜它們！（再拿給八，此時這個
　　　動作撞倒了八，莉地咚八）

（兩人對視，沉默，八起身）

八　：有撞到嗎？（拉起莉，莉搖頭）爲什麼會突然對ＢＬ失去興
　　　趣？（莉搖頭）我以前也以爲我對管樂眞的產生興趣了，但
　　　到了該念書的時候還是很乾脆地放棄了，曾經以爲會一輩
　　　子持續下去，原來只是很喜歡跟大家一起每天固定練習，
　　　喜歡跟朋友一起，而不是管樂，這騙不了自己。（莉搖頭）
　　　好啦，可能不太一樣，妳要吃東西嗎？我去幫妳買？

（莉搖頭）

八　：不要擔心啦，休息一下就好。

（莉搖頭）

八　：真的失去興趣也沒關係啊，每個階段都會改變，不一定要順
　　　著別人的期待，更何況那些人妳又不認識。

莉　：小八，妳、妳回家吧！

八　：呃？可是妳不是還怪怪的……（抓住莉的手腕）

莉　：Kya—不要碰我！

八　：好好好不碰妳。（縮手）

莉　：等一下妳再抓一下。（伸出手）

八　：喔。（握住）

莉　：Kya—不要碰我！

八　：誒是要怎樣啦?!

莉　：妳回家！！（把八推出門，關上）

八　：喂！等一下，我的書包！喂！（此時她口袋中的電話響起）
　　　喂？阿廣幹麼，你怎麼會打給我。去學校？現在？（掛上電
　　　話，躊躇一陣）哎！（離開莉家）


（八離去後，莉開門，探頭，發現八不在，有點失落地又回去了）
（廣、吾提著東西出現在校門口，八出現）


八　：什麼事？

廣　：（晃晃手上的東西）想要拜託妳一件事。

八　：什麼？

廣　：明天禮拜六是小安的生日。

八　：啊！

廣　：怎麼了？

吾　：妳忘囉？

八 ：沒事。

吾 ：妳忘了妳忘了！妳一定忘了！哈哈哈！

八 ：很煩耶反正你也不記得啊一定是三三跟你說的。阿廣你繼續
　　說。

廣 ：就想拜託妳，他早上出門跑步之後，妳把門鎖起來，讓他回
　　不了家，然後他什麼都沒帶，也沒辦法打電話，等他以為
　　真的陷入絕境的時候……

吾 ：「今天也太倒楣了吧！」（做端蛋糕之姿）祝你生日快樂～
　　祝你生日快樂～

八 ：所以你今天早上放鴿子也是故意的？

廣 ：對啊。我已經知道我爬不起來，因為剛好他生日─

吾 ：就想要先整他然後再給他驚喜。

八 ：好，我知道了。（頓）原來你有在想事情嘛。

廣 ：謝謝。小八妳難得稱讚我，有點感動，這是我們友誼的開始
　　嗎？

八 ：你們兩個真的都好煩喔可以閉嘴嗎？

吾 ：要不要順便約那個甯常夏來一起慶生啊？

八 ：她最近陷入人生谷底。

廣 ：怎麼了？

八 ：就，哎，跟部落格有關啦。（拉近廣、吾兩人，交代，此區
　　暗）


（莉驚醒，莉家亮，晚上）


莉 ：肚子好餓！（打開手機）天哪這個時間了啊……（一封又一封
　　的訊息通知聲進，故意不讀，又躺下，再坐起）好餓！（看到
　　書包）小八……沒拿走喔。

（頓，莉打開書包，拿出八的證件，因爲證件照很好笑，莉噗哧笑了出來，然後拿起 iPad 拍了證件照，遲疑一下，把書包背到身上，沉默一陣）

（此時手機響起，莉驚慌接起）

莉　：喂？（高八度）喔喔小八啊嗨，沒有啊我聲音本來就這樣啊，嗯嗯關機啊因爲我在睡覺……書包！（大驚慌）沒有我才沒有偷背妳的書包呵呵呵，什麼？影片？妳貼在我的部落格？什麼影片？喂？（八掛掉電話）

（莉拿起 iPad，登入聲）

（穿著雨衣、帶著馬賽克眼鏡的三吾廣安，和八出現，先進行一個爛爛的開場）

吾　：聽說有人心情很 Down。

三　：有聽說。

安　：誒，那心情很 Down 該怎麼辦呢？

廣　：那就說笑話給她聽囉。

吾　：你會說笑話嗎？

安　：拜託不要讓他講笑話。

吾　：好那我來講一個笑話。

三　：／拜託不要，我們都很難笑。

吾　：那怎麼辦？

三　：只好把自己變成一個笑話。

（三吾廣安八脫掉雨衣，裡面是穿學生裙）

八 ：大家知道什麼是ＢＬ嗎？

吾 ：不知道。

八 ：不知道沒關係，這首歌，獻給爲了ＢＬ奉獻靑春的妳。


（四人跳〈七點二十分的反省〉搖滾版）


## 〈七點二十分的反省〉（從副歌開始）


七點二十分的反省

好忙好忙好忙已經沒空感到內疚

買本先看有沒有 H

為自己的分鏡煩惱哭泣

寫信鼓勵喜歡的寫手繼續前進


努力去 NICONICO 學習

努力把肉本　藏到桌底

努力轉貼所有的十八禁

努力友情勝利！賣腐賣萌搞基！

這些事你們不會了解

最後還是沒有說任何對不起


七點二十分的反省

就這樣結束吧卻收到你們的簡訊

「沒有看你電腦　只是放早餐而已」
任性的我　流下淚滴

就算從沒跟你們道歉
就算你們聽不懂我的語言
因為生氣也不會被討厭
才敢生氣
就算搞不懂我的興趣也不要擔心
ＢＬ讓我非常地快樂
ＢＬ讓我非常地快樂
ＢＬ讓我非常地快樂
是我唯一

最喜歡在校門口　青春躁動讓我興奮不已
發現了「看吧他們一定在一起的」證據


（停）


三　：網友 Miyako 說，莉莉絲說出了我們的心聲。

吾　：網友阿橘說，看著莉莉絲真是羞恥普累啊但真的太爽了。

廣　：網友幽嵐說，莉莉絲是大天使。

安　：網友魚兒 B 說，莉莉絲腐得好清新好可愛！

八　：知道妳把網站關起來，我們聯絡一些網友，收集了她們要給
　　　妳的回饋。

三　：網友把拔說，莉莉絲我崇拜您！

吾　：網友拉西說，莉莉絲就是我。

廣　：網友明樂說，莉莉絲嫁給我！

安 ：網友小好說，反差萌的莉莉絲我可以！

八 ：網友ＣＰ說，莉莉絲妳害我笑到長不高了！

三 ：網友品客說，莉莉絲謝謝妳讓我重新再看ＢＬ！

吾 ：網友豆子說，莉莉絲其實妳是我的本命！

廣 ：網友貓彌說，謝謝妳讓我不孤單！

安 ：網友貞子說，因爲妳的介紹我開始看ＢＬ。

八 ：網友歲華說，我的朋友不太看ＢＬ但他也會看妳的部落格。

三 ：網友一枝說，莉莉絲就算要去忙別的事情也沒關係喔！

吾 ：網友大燈說，莉莉絲我們愛妳！

廣 ：網友東東說，就算淡出ＢＬ也沒關係喔！

安 ：網友水人說，莉莉絲，謝謝妳！

三 ：網友多晴說，莉莉絲，謝謝妳！

吾 ：網友湘庭說，莉莉絲，謝謝妳！

廣 ：網友小萱說，莉莉絲，謝謝妳！

安 ：網友小貓說，莉莉絲，謝謝妳！

八 ：還有很多，妳自己看吧！

　　我也要跟妳說，謝謝妳，打起精神來喔！


　　　接吻吧　交纏在一起

　　　擁抱吧　下體也貼在一起

　　　沉醉在那禁忌的愛裡

　　　接吻吧　交纏在一起

　　　擁抱吧　下體也貼在一起

　　　沉醉在那禁忌的愛裡

　　　沉醉在那禁忌的愛裡

　　　沉醉在那禁忌的愛裡

（結束，三吾廣安下，八留著）
（莉看著 iPad，沉默，決定衝出門，剛好跟八撞上）


莉　：誒妳在我家外面啊？
八　：嗯，想說看一下妳還好嗎。


（頓）


八　：小安明天生日。
莉　：喔，那妳怎麼還在這裡？
八　：有阿廣在啦，不用擔心。
莉　：所以，妳 OK 了喔？
八　：但我要說的是，我忘記明天是小安生日。也不是忘記，日期
　　　我當然記得，只是沒有注意原來已經快到了，這個日子已
　　　經沒有以前那麼重要了。
莉　：嗯。
八　：啊我不是難過地在講這些事喔，妳不用這種表情啦。就真的
　　　發現，已經沒有那麼重要了。
莉　：嗯。
八　：看到以前喜歡的人過得很好，這不是很好嗎？
莉　：我還以為妳會告訴他妳的心情。
八　：不管我跟他講什麼都不會改變小安對我的態度，但如果我
　　　自己沒有準備好，反而會改變的是我對小安的態度吧。好
　　　啦，我真的沒事啊不要那種表情，妳看影片了吧？很多人
　　　都很喜歡妳，妳在網路上給大家帶來很多歡樂，一下子就
　　　收集到很多打氣的留言。很謝謝妳一直陪我，我才發現啊
　　　原來真的沒那麼在意了。

莉 ：沒有啦，時間過去就，嗯。

（頓）

八 ：所以就算妳不想繼續經營了，或者真的對ＢＬ沒那麼熱衷了
　　都沒關係，因為妳真的已經很棒了。
莉 ：有啦，剛剛你們跳舞還滿萌的。
八 ：噢噢是嗎，那妳喜歡哪種？像三三老吾那種互動還是阿廣小
　　安那種？
莉 ：嗯……喜歡……
八 ：三三老吾那樣算什麼？妳跟我講過，忠犬攻和傲嬌受嗎？阿
　　廣和小安現在是強受弱攻了小安改造得很徹底—
莉 ：喜歡妳。

（頓，沉默）
（莉因緊張把八書包換邊背）

八 ：書包。

（莉把書包拿給八）

八 ：妳怎麼會喜歡我！妳應該喜歡男生啊！
莉 ：為什麼？
八 ：因為腐女不就是喜歡男生嗎，妳喜歡看兩個男生，所以應該
　　很喜歡男生，那……
莉 ：這哪有一定啊，妳不是也喜歡過小安？
八 ：可是小安很不像那種男生啊。

莉 ：反正我喜歡妳嘛管這麼多！（頓，看八一臉驚訝的樣子）

八 ：可是腐女不是喜歡男生的嗎？妳是不是把我當成⋯⋯

莉 ：當成男生？

八 ：我⋯⋯我有胸部喔，而且沒有很小⋯⋯

莉 ：我知道，上體育課的時候我有偷瞄過。

八 ：（遮住胸）誒，原來妳在偷看！

莉 ：我知道啦妳上一個女朋友就是把妳當男的啊，她不敢看妳的
　　裸體不是嗎？

八 ：妳怎麼知道？

莉 ：拜託我是誰，我是莉莉絲耶，網路世界在我的掌控之中—

八 ：所以⋯⋯

莉 ：所以什麼？

八 ：嗯⋯⋯

莉 ：所以我想看妳的裸體嗎？想啊。

八 ：不是這個啦！

莉 ：那不然怎樣，妳就不要理那些奇怪的女人啊，這種怪女人走
　　開，那妳幹麼跟那種怪女人交往不跟我交往？

八 ：可是我跟怪女人交往的時候又不認識妳⋯⋯不是怪女人啦！

莉 ：那妳那時候認識我會想跟我交往嗎？

八 ：好所以腐女不一定代表喜歡男生？

莉 ：不一定。

八 ：但是我就不會想看ＢＬ啊。

莉 ：等妳遇到妳命中註定的ＣＰ妳可能就會愛了，但不愛也沒關
　　係。

八 ：好，所以⋯⋯

莉 ：好，所以我知道妳的答案了，我被拒絕了。

八 ：沒有，我只是沒想過妳會喜歡我。等一下妳說妳對ＢＬ失去

　　　　　興趣是……？

莉　：啊就喜歡妳啊，因為最近的ＢＬ太不吉利了，我用翻書占
　　　卜，看最新一話《鳴鳥不飛》，翻到第八頁，妳知道那頁臺
　　　詞是什麼嗎？是「什麼叫要是不願意的話，不願意的人不
　　　是你嗎」根本在觸我霉頭，再翻《空與原》第八頁，原老說
　　　「現在可不是哀聲嘆氣的時候，人生苦短啊」，這種被漫畫
　　　人物諷刺的感覺真的是讓人想揍他一頓耶，還有—

八　：聽起來妳沒有不感興趣啊妳還是一直看。

莉　：對我是一直看，但是它們沒有給我正向的鼓勵啊，我都不知
　　　道要不要告白……

八　：但妳剛剛……

莉　：……不小心的，因為妳跳舞很可愛嘛！（有點生氣的，這是不
　　　小心自己說出口的）


（八臉紅，捂著嘴說不出話）


莉　：咦……妳……咦！小、小八！妳、妳這個反應，我可以有一
　　　點點期待嗎？

八　：我……我之後會告訴妳，一定。（慢慢退遠）

莉　：可是明天小安生日。

八　：嗯，沒關係了。


（八先下，莉看著八下，再下）
（廣、安走到安的家，打開課本看著，安家燈區亮）


安　：（電話響）是小八。喂小八，妳要回來了嗎？（頓，聽八講
　　　話）嗯。好，我知道了，恭喜。（頓）然後，謝謝妳。謝謝妳

　　　　告訴我。（掛掉電話）

廣　：怎麼了？

安　：她跟我說她有喜歡的人了。

廣　：哇，很棒啊。

（廣頓，看著安仍一臉沉思）

廣　：還有說什麼嗎？

（頓）

安　：嗯，沒有，她只說了這個喔。（微笑，頓）三三會 Cosplay
　　　嗎？

廣　：他應該什麼都會吧？

安　：好耶！

（燈暗）

安　：又到了每天早上莉莉絲打抗的更新時間，雖然版主常常因爲
　　　私人因素說要關站，謝謝你們容忍她的任性，啊我不是莉
　　　莉絲，我是莉莉絲的朋友，她去外拍了。我想他們今天會
　　　需要自己的時間。那，我不知道她實況都在幹嘛耶，那我
　　　先放一首歌好了……

八　：（OS）等一下我不要穿這個……

莉　：（OS）快點妳這樣很帥啦！

（八穿著軍裝，被莉拖出來）

莉　：好帥！義大利！義大利！

（三梳著油頭、穿著軍裝出來）

莉　：好帥！德意志！德國大人！
八　：你怎麼會想要來拍照啊？
三　：身為一個執事就是要什麼東西都要嘗試，你永遠不知道哪一
　　　天會派上用場。搞不好哪天在漫畫博覽會上，要是有人放
　　　炸彈怎麼辦？這就是大隱隱於市的道理……（被莉打斷）
莉　：／（下指示）義大利你騷擾德意志，德意志雖然很開心但外
　　　面很冷靜。

（三、八按照莉指示去做）

莉　：不是這樣，是這樣！（對八做，兩人停一拍有點小害羞）（莉
　　　繼續拍照）
三　：你們現在是在害羞嗎？
莉　：（停下相機）蛤？假裝沒事？
八　：啊？哈哈哈哈，你在講什麼。
三　：根據我的調查，你們現在，是發生什麼事？
莉　：（蹲下）等一下！不是像你說的那樣，嗯，就是說，嗯。
三　：就是說？
莉八：（一起）就是說……（兩人沒有講話一會，再重新開始講話）
莉　：（對八）就是說怎樣？
三　：就是說呢，啊，我突然十分地想上廁所（演尿遁，但一眼
　　　就看出來是演的）（一個屬害的 Pose）小八，幫我跟妳女朋
　　　友……

莉　：／女！—（自己卡詞）

三　：請個假！（下）

（八、莉兩人沉默小害羞）

八　：（走到莉旁邊，一點點開玩笑掩飾害羞）誒女朋友。

莉　：我叫什麼名字？

八　：ㄓ……（停頓，慎重地看著莉）甯常夏。

（八、莉對視，三悄然離場，正要吻上的一刻，燈暗）

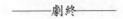

————劇終————

## 夏：三吾之章
## 英仙座流星雨

莉　：米哪桑蹦啾、蹦ㄙㄨㄚ、bonji jumping～～又到了莉莉絲
　　　立刻濕打抗莉莉絲微熱鼻血日記每天早上的更新，不好意
　　　思站名真的有點長～～Take Photo！Upload！On！
　　　（舞臺上出現坐在教室、一臉沉痛的吾）
　　　今天光明正大的偷拍單元，焦點帥帥是搖研社的三三老
　　　吾。好的我們可以看到畫面中的老吾趴在桌上一副楚楚
　　　可憐的樣子。（吾突然抬起身來伸出雙手成握手狀）

吾　：（醉漢語氣）我一定會永遠支持你！（又倒下）

莉　：呃好當我沒說……總之不管老吾遭經到什麼程度三三都是
　　　一如往常的優雅……嗯三三呢？（頂上的燈光亮）三三去哪
　　　了？

吾　：（喝醉般）三三，我不管你在天上還是地下，反正你給我回
　　　來！

莉　：三三……去哪了？

吾　：放學鐘聲響起之前沒回來你就不要回來了！（趴在桌上）

莉　：老吾喝醉了喔？

安　：（突然出現）喔他只是吃了裡面包酒的巧克力而已。

莉　：嚇！

雷　：（突然出現）因為今天開始三三就不在了。

莉　：嚇！

廣　：（突然出現）三三說之後就拜託你們照顧老吾了。

雷　：要我們搖研社全體出動來照顧老吾，真是任性的孩子！

莉　：等一下你們怎麼知道這個網站！

八　：（突然出現）是我跟他們說的。

莉　：小八！

八　：／歹勢啦！

安　：／（手按眼鏡）當然是因爲我們有特別的照片要提供啊哼哼
　　　哼哼……

莉　：莫非資優生被開發了腹黑屬性嗎？

廣　：今天有英仙座流星雨唷！


（其他人轉頭看著廣）


安　：眞的抓不到你的拍子耶。

廣　：（羞澀一笑）謝謝。

莉　：小安越來越攻越來越腹黑阿廣越來越受越來越像外星人一定
　　　不是我的錯覺……等一下，那三三到底跑去哪裡了？難道
　　　他尸ㄥ惹……

吾　：／（打斷）你媽的在放屁！（莉：「嚇！」）三三怎麼可能
　　　尸……（倒下）燒肉定食不要茄子……

八　：／他醉了還是餓了？

安　：／燒肉定食不會有茄子……

廣　：／今天七夕剛好是七夕流星雨呢！

安　：（快速）七夕英仙座流星雨三大流星雨之一的英仙座流星雨另
　　　外兩個是象限儀座雙子座流星雨還有哪裡的流星雨要補充
　　　嗎？

廣　：小安你講話好快。

八　：／高三考生是沒有七夕的啦！

（以上有點亂成一團）

莉　：等一下你們不要在我的網站吵吵鬧鬧很煩！

雷　：╱（打斷）好的！不要理他們，這張照片的故事，就從今天
　　　早上上學開始。


（吾跟廣走到臺前）

吾　：裴世廣！（將外套往旁邊一丟）

廣　：嗨！（順勢接住）

吾　：裴世廣！（兩人錯身）

廣　：嗨！

吾　：裴世廣！（轉身剛好跟廣面對面）是本人啊！

廣　：對我一直在旁邊啊。（撐開外套要讓吾穿）

吾　：你在這裡幹麼！（原本已經將手伸進外套但停住，拿回外套）
　　　你幹麼幫我穿外套！

廣　：咦錯了嗎？（拿出紙條）按照執事守則，手跟袖子必須維持在
　　　83度的角度……，沒錯啊。

雷　：三三去進修之前有拜託我們照顧老吾。（拿出紙條）

安　：不過沒有人當一回事只有阿廣當真了。

雷　：有啦你還是有打電話叫老吾起床。

安　：但他根本沒接。

八　：紙條寫著「忠誠、優雅、自信、尊嚴、體貼」、「老闆的生
　　　命是第一要務，必須一天吃五種蔬果」。

安　：老吾不需要照顧啦！

八　：是嗎？

（後臺，八、安換女裝扮演女學生）

吾　：三三昨天出發去進修了，不會參加暑期輔導。

廣　：他去哪裡進修？

吾　：誰知道反正他爸爸固定帶他去進修，每年都不一樣。

廣　：今年去哪裡啊？

吾　：我不知道就說是沒有收訊的地方。

廣　：耶～好難得～

吾　：怎樣？

廣　：你不知道三三到底去哪真的很難得。

吾　：（頓）我自己穿就好了。

廣　：好是好，可是—

吾　：幹麼啦不要囉囉唆唆，我又不是什麼都要靠三三！（穿上外
　　　套）

廣　：可是—

吾　：不要可是，我是大人了。

廣　：可是現在是八月……

吾　：（沉默看天）好熱啊！！！（脫下外套）

廣　：果然這種天氣就不要穿外套了吧！

吾　：廢話！裴世廣！

廣　：嗨！

吾　：不要再嗨了！三三！（停頓）啊三三，去進修了。


（上課鐘響）


廣　：上課了。（頓）老吾？

吾　：喔，好，上課。（廣下，吾走進教室聽課，一副小拳王結尾灰

飛煙滅的矢吹丈的樣子）

莉　：／（跟吾的動作同步說話）對耶今天老吾一直這樣……不太
　　　對勁。

雷　：因為下課的時候發生了一件事。


（下課鐘響）

（八、安戴著蝴蝶結和學生裙跑出來，八拉著安進教室，扮演兩個
高一女生）


八　：學長好。

吾　：妳們是？

八　：我們是一年級新生，她有東西想要給學長。

吾　：給我？

八　：來啦！都準備這麼久了不要辜負自己！

安　：學長……這個……（拿出一袋東西）

八　：學長知道今天是七夕嗎？

吾　：不知道。

安　：學長情人節快樂！

吾　：咦！咦！給我!?什麼!?

安　：可以拜託學長幫我拿給顧培三學長嗎！

吾　：喔……

安　：因為他今天沒來……（接著拿出一袋酒糖巧克力）這請學長吃
　　　當作謝禮……打擾了很抱歉！（害羞地跑走）

八　：打擾了。（轉身要走）

吾　：（拿著給三的禮物）這裡面是什麼？

八　：是巧克力跟筆。

吾　：筆？

八 ：嗯是可擦拭的原子筆。三三學長不是有隨手記筆記的習慣
　　嗎？有時候看他寫錯字拿立可帶怕忙不過來……用屁股這
　　邊可以直接擦掉……希望你們會喜歡！（下）

（吾拿著東西坐回位子，發呆，閉上眼睛）

莉 ：所以學妹是喜歡三三嗎？三三什麼時候這麼受歡迎了我怎
　　麼不知道？老吾心裡一陣悶。但最讓他覺得悶的，是他竟
　　然沒有發現三三同時拿筆和立可帶會不順手，沒有比別人
　　先想到，去買一枝可擦拭原子筆給三三。或是兩枝，或三
　　枝，四枝……（啪，頭被老師打了一下）
雷 ：好了妳不要再這樣幫老吾配ＯＳ。
莉 ：我只是想揣摩老吾的心情嘛。
雷 ：老吾的心情……
吾 ：（睡著）齁……
莉 ：靠竟然睡著了喔！

（安拿著手機衝進教室）

安 ：誒誒收到三三連線，喂！
三 ：（OS）嗨，小安，終於可以通訊了。老吾呢？
安 ：他睡著了。
三 ：你把鏡頭移過去我看一下。（安將手機鏡頭轉向吾）他看起來
　　怪怪的。
安 ：他常常都怪怪的啊，你什麼時候回來？
三 ：（雜訊音效進）我喔……啪滋滋滋……收訊欠佳，啪滋滋
　　滋……可能不會啪滋滋滋……

安　：不會回來？不會回來？你是去哪裡啊？喂？三三？三三？

吾　：（突然站起）不回來就不要回來了啦！（抓著手機螢幕）我是不知道你跟你爸跑去哪裡進修，幹你柯南喔！夏威夷好玩嗎！都不講清楚，今天齁，有兩個學妹送巧克力給你，反正一些不能跟我講的事情，以後就可以跟女朋友講了啊，畢竟我是老闆嘛，像我爸講的，當老闆的人不能有真正的朋友，以後進公司只會越來越複雜，必要的時候讓你去做一些見不得人的事情，再把你切割掉也無所謂，你說過的，我們只有在高中畢業前才是平起平坐的朋友，那以後呢，以後呢，希望有人能當你最好的朋友，就是不管以後你坐牢還是生病都會陪你的那種朋友……哈哈你看學妹多貼心，要給你禮物還請我吃巧克力……（拿起兩個禮物袋倒過來）哈哈哈哈都被我吃完了啦……我跟你講，這個巧克力……（坐下又開始睡）

安　：老吾你把酒糖巧克力都吃完了？你不是不能喝酒嗎？誒，三三！

三　：啪滋滋滋……啪滋滋滋……

莉　：三三到底跑去哪裡了他完全沒有收訊啊！

三　：啪滋滋滋茲……（卡掉）

安　：啊斷訊了，三三！老吾醉得很誇張！

（校園廣播音效進）

三　：（廣播聲音）咳，不好意思，剛剛入侵了原東寺高中的廣播系統，校方一切的損失將由本公司賠償。三年五班都衍吾同學，三年五班都衍吾同學。（音量調到最大聲，加重語氣）請放心，我馬上回去。

吾　：（微弱地）在放學鐘響之前沒回來就不要回來了……

三　：（雜訊音效）啪滋滋滋滋，啪滋滋滋……（卡掉）

廣　：（指著天上）啊，開始了。（頓）英仙座流星雨。

（突然一片黑暗，配樂、搭配流星墜落）

（黑暗中）

莉　：等一下！三三他通訊的地方難道是……

安莉雷廣：宇宙！

（大聲的配樂、流星墜落、黑暗中）

（燈亮時，場中只剩下吾一人，看著天空，停頓）

吾　：騙人嘛，現在都晚上了。不是說放學鐘響之前回來的嗎？

　　　（此時三裸著上身走出，在吾倒數到「一」時，一個箭步衝上
　　　去接住倒下的吾）十、九、八、七、六、五、四、三、二、
　　　一。

（吾倒下，靠在三身上）

三　：您真的性子很急。（扶著讓吾坐下）

吾　：你也太慢了吧，不是說馬上回來嗎?!

三　：我先繞去幫老闆拿冰枕，所以慢了一點。

吾　：嗯。

三　：（將冰枕放在吾頭上）發燒了吧？

吾　：哼，才不是，我只是醉了。

三　：老闆是喝醉還是發燒，我還算分得出來。

吾　：你幹麼不穿衣服？

三　：因爲在經過大氣層的時候衣服被燒掉了。

吾　：大氣層嘛沒辦法。

三　：是，但我想爸爸應該就沒問題了。

吾　：伯父眞的很強。你把我的外套拿去穿。

三　：謝謝，但我不冷。

吾　：穿著。

三　：是。（穿上外套）您每年夏天都會感冒呢。

吾　：我不是笨蛋。

三　：呵呵。

吾　：這次是去宇宙？

三　：正確來說是去視察您父親前幾年買下的那顆衛星，本來也排
　　　定了假設太空梭突然爆炸的緊急應變相關課程，但因爲老
　　　闆發燒了，就先進行了從太空迫降地球的教學訓練。

吾　：幹麼不上完你爸排的課程？

三　：沒有比您的身體更重要的事了。


（頓）


吾　：啊！我把你的禮物吃掉了！

三　：什麼禮物？

吾　：有一個學妹送你情人節禮物……你知道今天是七夕嗎？

三　：知道。

吾　：三三什麼都知道。那個學妹送你巧克力和原子筆，巧克力被
　　　我吃掉了對不起，那個筆……（摸摸口袋）嗯？筆呢？

三　：我已經銷毀了。（伸出手，手上是一堆灰塵）

吾　：這堆灰塵……等等你銷毀了!?

《新社員》 番外篇

三　：萬一有竊聽器就糟了。

吾　：不會有啦，她喜歡你誒。

三　：人心是很難預測的。

（頓，放學鐘聲響起）

吾　：放學鐘聲怎麼現在才響？

三　：請老闆原諒，我把它調慢了，因爲你說，在我回來之前，鐘
　　　聲不准響。

吾　：你不要隨便入侵學校廣播系統啦！

三　：好，下次不會了。

吾　：還有不要叫別人照顧我，我覺得很怪。（頓）啊我眞的好茫
　　　喔。（抓過三的手摸著自己額頭）是不是很燙？

三　：嗯，很燙。

（頓）

三　：老闆知道爲什麼會有流星嗎？

吾　：我知道啦因爲地心引力……

三　：老闆果然長大了。能從外太空回到地球，是因爲地心引力的
　　　關係，根據 NASA 統計，我有大約三萬個適合緊急迫降的
　　　地點，但我還是選擇了不適合迫降的原東寺高中，就是因
　　　爲……

吾　：因爲？

三　：因爲到了宇宙那麼大的地方，才感覺到，原來拉著我回地球
　　　的不是地心引力。（停頓）是老闆。

（三、吾兩人對視）

吾 ：我不是說不要叫我老闆嗎。

三 ：是，老吾。

吾 ：叫我衍吾。（臉靠近三）

三 ：……巧克力……

吾 ：對啊我剛剛吃了，你猜什麼口味？

（三突然吻了吾）

吾 ：三三！（又羞又驚，停住，接著倒在桌上睡著了）

三 ：巧克力的口味是……（伸手摸摸吾的頭）果然不只發燒，還
喝醉了。（將外套脫下來披在吾身上，靜靜地看著他）會記得
嗎？衍吾。（低身親吻了吾的額頭）

莉 ：（相機「喀擦」音效，三、吾定格）
這就是小安拍到的照片。他們只是把照片給我看，沒有
說一定要上傳，所以，我們最後還是把照片刪了。大家
是這樣想的，畢竟這張照片，是屬於他們的瞬間。

（三、吾起身，和安、廣、八在場上穿梭，又回到一天上課的初始）

莉 ：然後沒有留照片的結果，就是酒醒又退燒的老吾，什麼都不
記得了。

（三、安兩人交談）

安 ：老吾不記得了。

三　：嗯。他每年夏天都會固定感冒，退燒之後就什麼都不記得
　　　了。

安　：該不會，你每年都固定對老吾……？（三沒有回答）那個
　　　啊，不要叫我們照顧老吾。

三　：很抱歉給你們添麻煩了。

安　：不是這樣，只有你能照顧老吾。（頓）因為是你，他才願意被
　　　照顧，不然，他其實已經是大人了。

三　：你的意思是—

吾　：裴世廣！（安、廣、八看著吾）

三　：在那邊，老闆。

吾　：喔。

八　：天哪我不敢相信真的有人會醉到失去記憶！

安　：有喔我認識這樣的人她叫簡，算了。

八　：你是腦袋燒到失憶還是醉到失憶？

吾　：煩耶妳再嗆我啊妳！

廣　：英仙座流星雨你們有看嗎？

三　：有喔。

吾　：你有看？那我怎麼沒看？

安廣八：因為你什麼都不記得了啊。

吾　：我好虧！


（上課鐘響）


八　：誒我們今天要小組報告啦！（拉著安跑）高三生沒有暑假！

廣　：咦我們好像同一組，等等我……（跟著跑）

吾　：誒，三三，這筆給你啦。（拿出一大袋筆）

三　：謝謝老闆，好多。

吾　：這是可以擦掉的原子筆，這樣你記筆記比較方便。

三　：老闆都退燒了嗎？

吾　：對啊！哈哈哈這種夏季小感冒一天就好了啦！

三　：（伸手摸吾額頭）眞的都退燒了呢。

吾　：我就說吧。


（頓）


三　：橘子口味。

吾　：嗯？

三　：老闆昨天吃的酒糖巧克力，是橘子口味的。

吾　：你怎麼知道？

三　：……果然都不記得了啊。

吾　：嗯？

三　：沒事，上課了。


（三下。吾手觸碰自己的嘴唇，若有所思，突然「匡噹」一聲）

吾　：看吧換你感冒了吧，爲什麼每次我感冒完都換你啊？（下）


（校園廣播音效進）

三　：（OS）三年五班的導師，都衍吾被發燒的顧培三拖累遲到，
　　　請不要記他曠課，不然我會讓你看到世界上最荒涼的景
　　　色……

吾　：／（OS）不要因爲這種小事就入侵學校的廣播系統！

莉　：今年，記得要約喜歡的人去看英仙座流星雨喔，啊已經過了
　　嗎……

————劇終————

# 秋：廣安之章
## 中二病也要談戀愛


莉　：又到了莉莉絲微熱鼻血日記莉莉絲立刻濕打抗每天早上的更
　　　新，今天要跟大家分享一個悲傷的消息，原東寺高中搖研
　　　社吉他手裴世廣，跟主唱安啟凡，（頓）分手了。

（廣、安各站一角，各自面對觀眾）

安　：阿廣，我們分手吧。（頓）不對，其實我們根本不算交往，不
　　　能說是分手，那就好好當朋友吧。嚇一跳嗎？牡羊座就是
　　　這樣啊，喜歡的時候說什麼都好，清醒之後就冷酷無情，
　　　很正常啦。一邊跟我曖昧一邊跟前任上床，這不就是人家
　　　說的什麼？無縫接軌嘛。而且想想你這些行為啊，動不動
　　　就想死，「全世界都不了解我」、「前任比我有才華我好痛
　　　苦所以我要折磨他」、「越折磨前任越需要我我好重要」、
　　　「雖然是我提分手但分手好痛苦面對音樂好痛苦我要退社也
　　　不管其他人是不是很想參加比賽」、「新加入的社員好像有
　　　點喜歡我我又重新有自信了那就去比賽吧」，根本就是個不
　　　負責任的中二病嘛。喜歡的時候覺得好像很複雜很脆弱很
　　　有深度，現在發現那不過就是你太愛你自己而已。都高二
　　　了不是中二了好嗎？我國中已經浪費在一個不敢承認自己
　　　愛男生的男生，真的有點懶得陪交往對象尋找自我了，以
　　　前那些眼淚就當做送你的，希望你好好反省囉，Bye～
廣　：（伸手往前）等一下！

安　：誒誒我有練柔道喔！

廣　：我，我發現自己喜歡你的時候就沒有再跟阿澤——

安　：隨便啦（嘆），那是什麼時候？你問我要不要交往的時候嗎？
　　　那之前的曖昧算什麼？

廣　：（結結巴巴）那是、那是……

安　：你也只是貪圖一個天才樂手需要你的虛榮感而已。

廣　：那是因為面對阿澤我很自卑……

安　：這是阿澤的錯嗎？（頓）好啦也不是誰的錯，就是你們不適
　　　合，你太愛你自己了，（抽手）Bye～

廣　：我會改變，我改變的話你還會給我機會嗎？

安　：你就是抱著這種想法才不可能啊。你改變是為了你自己可不
　　　是為了別人，不然等哪天你對改變感到不舒服，一定會怪
　　　在我頭上。既然已經知道彼此個性不合，不如就在互相憎
　　　恨前趕快停止吧。


（安下）


廣　：等一下！小安！


（廣往前追去，下場時聽到「匡當」一聲）


莉　：因為太過震驚，阿廣追出去的時候摔了一跤，失去了意識。


（黑暗中，聽到呼吸的聲音）
（廣躺著，漸漸醒來）
（廣爬起，一邊拿下呼吸罩，看著旁邊穿著醫生袍、長得跟吾一模
一樣的人）

吾　：你醒來了！等一下你不要動我去叫醫生來。（往外跑去）醫
　　　生！醫生！

（像吾的人跑下）
（廣打量四周，發現自己上衣敞開，胸口貼著不知是什麼的貼片，
廣遲疑半晌，伸手想把貼片撕下）
（此時長得像三跟吾、但都穿著醫生袍的人上）

三　：不要動。
廣　：（停手）嗯？三三，你跟老吾為什麼—
三　：三三？您說的是我的爺爺嗎？
廣　：爺爺？
吾　：顧培三是他爺爺。
廣　：那你是……
吾　：都衍吾是我爺爺。
廣　：你們……長得跟三三、老吾好像……
吾　：長輩都這麼說。
廣　：等一下，你說爺爺，你是說—
三　：希望你冷靜聽我說，從你昏倒之後，已經一百年過去了。
廣　：不可能，我只是—
吾　：你摔得很重，陷入昏迷，都家運用最新科技將你冷凍起來，
　　　希望未來的醫學能把你治好。
三　：因為你是總裁都衍吾生前的摯友。
廣　：生前？他們……
吾　：很抱歉，他們都不在了。

（一陣沉默，廣盯著旁邊兩人，整個呆掉，不可置信）

吾　：你昏迷的這段期間他們都有來看你，你要看照片嗎？雖然都上了年紀但你應該認得出來。（手伸入口袋）

廣　：先不要給我看，（頓）拜託不要。

吾　：你還好嗎？

廣　：我沒辦法相信—

三　：我能理解，在此之前有幾個基本的問題要請問你，你還記得當初怎麼摔傷的嗎？

廣　：⋯⋯小安要跟我分手，我追出去⋯⋯

三　：還記得摔傷的原因嗎？

廣　：原因⋯⋯小安⋯⋯（突然站起來要往外衝）我根本還沒跟小安解釋清楚！就這樣沒了嗎？（被三跟吾攔住）小安他，他後來怎麼了？

三　：他有來看你。

廣　：他也⋯⋯不在了嗎？

吾　：嗯。（廣停止掙扎）

三　：有遺憾的話，請你錄一段 Message，我們可以運用最新科技穿越時間傳送給過去的人，但僅限光波的形式，肉體物質要超越時間目前還做不到。（邊說邊拿出一個類似錄音筆的機器，按下錄音）

廣　：小安⋯⋯老吾⋯⋯三三⋯⋯老師⋯⋯你們都不在了⋯⋯把我留在只有我一個人的未來有什麼意義⋯⋯小安，如果你再也看不到我了，你會比較願意聽我說嗎，唉，我，不知道要說什麼，我想告訴你，你就是我想要的那個人，可是我做得不夠好，不夠讓你放心，然後就再也見不到面了，（嘆了口氣）我，我不知道要講什麼，我、我好想回去⋯⋯我想看到你⋯⋯想抱抱你，想跟你一起規劃未來—（哭泣）

（此時廣的電話鈴聲響起，廣一愣，接起）


雷　：（OS）喂阿廣啊，你們社團教室門窗沒有鎖好，害我被教官
　　　罵！

廣　：（癡呆狀）雷老師？

雷　：（OS）怎麼呆呆的你在睡覺嗎？反正下次要記得鎖知不知道！


（廣掛斷電話，回頭瞪著三、吾）


吾　：啊哈哈哈哈，整人大成功！（搭廣肩搖）

三　：就說要把手機藏起來吧！

吾　：短時間內要布局真的不簡單耶。

三　：你說要拿照片我真的背上都是冷汗，想說哪來的照片啊！

吾　：對啊我口袋根本就沒束西啊，以假亂真就是整人的祕訣啦！

三　：阿廣好好休息，我們先告辭了。（抓著吾轉身就要走）

廣　：等、一、下！（一臉殺氣地抓住兩人）給我解釋清楚，不然殺
　　　了你們！

吾　：我，我們是為你好！

廣　：幹麼騙我！超丟臉的！

三　：沒想到你真的會相信！

廣　：殺了你們喔！

吾　：因為你剛好昏倒了，三三就說這樣試試看。

三　：是我？（瞪吾）好，是我。

吾　：要是再也看不到重要的人就會想要珍惜，錄到這麼真心的告
　　　白，小安聽到也會感動吧，你跟小安的誤會一定可以—

廣　：（伸手）拿來！

吾　：嗯？

廣　：錄音筆！

吾　：爲何？

廣　：（拿走吾手上的錄音筆）我要刪除檔案（按下刪除鍵），我不能再靠你們了，一直以來我都太依賴別人，覺得別人對我好是應該的，要是不好就開始把錯都怪到別人身上，開始自暴自棄，這次，我希望可以靠自己的力量好好面對小安。

三　：阿廣，能成爲一個讓人不由自主的想對他好的人，也是種才能呢。

廣　：但如果不懂得心存感謝，不就是跟垃圾沒兩樣嗎？至少從面對小安開始，我想把一直以來身邊的人對我的好、小安對我的好，奉獻出去。

吾　：好帥！

三　：但是阿廣—

廣　：我先回家了，今天很謝謝你們，我最好的朋友。（下）

三　：但是阿廣，檔案沒有刪掉耶。（錄音筆播出廣的錄音）

（沉默）

吾　：我忘了阿廣是機器白癡啊！！

三　：他除了熱衷音樂以外其他事情都太笨手笨腳了。

吾　：所以讓人忍不住要幫他嗎？

三　：感覺不幫他他好像哪天會橫死街頭……（三、吾邊說邊下）

莉　：然後，原東寺高中的裴世廣，開始認眞投入要對安啟凡好這件事，就像他小時候認眞投入練吉他一樣，今天一早，他就來到校門口等著安啟凡。但是，人的感情，畢竟不是吉他，當你越想討好一個人，越會出糗，這是千古不變的眞理。

（安拿著掃把出來掃地，廣迎上去）

廣　：早安。

安　：早啊。

廣　：我有幫你買早餐。（一邊伸手進書包拿）

安　：我自己有買，謝啦。

廣　：這家很好吃，你吃吃看……嗯？（只拿出一瓶罐裝咖啡）

安　：怎麼了？

廣　：早餐……啊，忘記拿了，我再去拿。（轉身）

安　：（叫住廣）不用啦，你早上只喝罐裝咖啡喔？

廣　：就是，錢不夠……我去拿。（轉身）

（上課鐘響）

安　：上課了算了吧，早餐我分你一半吧。

廣　：小安……

安　：朋友嘛，別客氣。

莉　：覺得自己太過失敗的阿廣，還能怎麼辦呢？幫他抄上課的筆記？人家是全學年前三名，體育課掩護他？人家運動萬能，陪他去保健室？他身體很健康。喜歡的人太完美也是個煩惱，那只好老老實實地，中午邀小安一起吃飯吧。

安　：（和八兩人在分享一本書或者聊上課的事）一起吃飯？都可以啊，我們有帶便當。

廣　：好，那我去福利社買一下，你在教室等我（跑出去，OS）借過！借過！

莉　：當阿廣回來之後，距離午休時間只剩五分鐘，這就是戰況激烈的原東寺高中午餐時間。

廣　：我回來了。

安　：（和八正在聽音樂）我們吃飽了，你還有五分鐘可以吃。

廣　：我有幫你買牛奶。

八　：他對乳製品過敏。

廣　：啊，我不知道。

安　：沒關係啦。

廣　：你是不是有跟我講過？

八　：他一定有跟你講過。

廣　：抱歉我以後會記得。


（八、安繼續聽音樂）


廣　：（打開麵包默默地吃著）小安，那個……

安　：蛤？

廣　：（愣住）你還有什麼不吃嗎？

安　：我沒有拜託你幫我買東西的話不要買啦，買來吃不下不是很
　　　浪費嗎？

廣　：好，抱歉。

安　：你不要一直道歉。（轉頭繼續跟八聊天）


（午休鐘響）


莉　：阿廣想著，今天好像很不順利，至少小安並沒有拒他於千里
　　　之外，剛好，上天好像要幫助他一樣，放學時間下起雨了。

廣　：啊，我今天有帶傘！


（安站在校門口看著一本書，等雨停）

廣　：小安，你沒帶傘啊？

安　：沒有耶，之前帶來學校弄不見了。（頓）應該等等就雨停了
　　　吧？

廣　：小八先回去了？

安　：她要補習就先走了。

廣　：嗯嗯。

（兩人沉默一陣）

廣　：你已經討厭我了嗎？

安　：我不討厭你啊，就是朋友啊。

（頓）

廣　：你沒傘的話，我送你回家。（從包包拿出傘，在跟安之間撐
　　　開，如果是那種一個按鍵就會彈開的折疊自動傘更好）

安　：（盯著傘，猶豫）這是我的傘。

廣　：你的傘？

安　：（拿過傘）被幹走的就是這把！吊飾跑去哪了？

廣　：我、我以為是我的。

安　：你以為？

廣　：我真的有一把一模一樣的傘。

安　：噢是嗎？

廣　：真的，可能我以為我有帶來學校、但其實沒有就拿錯了。

安　：算了，不然我借你吧，我在這邊等一下就停了。

廣　：可以一起走……？

安　：沒關係。

（頓，安繼續看書，廣把傘放在安旁邊）

廣 ：你就把傘拿回去吧，我要先去練一下琴，掰囉，抱歉拿錯你
　　　的傘。

（安看著廣跑掉，遲疑一陣，拿傘轉身走掉）

莉 ：接著，回到家的小安，發現家裡有人在等他。

三 ：嗨，小安。

安 ：就知道你會來找我，交往的時候好像大家都是朋友，但分手
　　　之後一定會選邊站，我想不管怎麼樣，阿澤一定覺得你們
　　　是「阿廣的朋友」吧，說吧，是要勸我跟阿廣復合嗎？

三 ：你誤會了，我不是因為這個來找你的。

安 ：要不然是？

三 ：我只是想確定你會繼續參加搖研社吧？

安 ：我？嗯，會啊。

三 ：那就好，你是我們的朋友。那我走了。（轉身）

安 ：來找我就只是要問這個？

三 ：是的。

（頓）

三 ：感情是兩個人的事，我們是不會插手的。阿廣還是喜歡你，
　　　他也表現得很明顯了，我只是來確定這件事不會影響你參
　　　加社團的意願。

安 ：那會影響阿廣參加社團嗎？

三 ：他會繼續留在社團，他不會再輕易退社了。

安　：嗯。

（此時八撐著傘回來）

八　：天哪，雨好大……都這個季節了。

三　：那我先走了。（下）

安　：小八，妳手上拿的那把傘……

八　：喔，你的啊，我在補習班發現的，你看這邊還有你的小吊
　　　飾。

安　：這是我的傘……

八　：應該是偷你傘的人也有去補習囉，我就直接拿走了，活該！

（頓）

安　：雨還沒停嗎？

八　：還沒。

安　：／嘖。（躊躇半晌）傘給我，我出去一下。

八　：喔好。

安　：很快就回來。（安拿了兩把傘出門）（雨聲進）

莉　：雨淅瀝嘩啦地下，小安又回到了原東寺高中，這時候已經將
　　　近晚上九點了。

（〈追逐組曲〉進，但只有吉他的部分）

（安在樂曲聲中走到練團室，廣在彈吉他看到安有點驚訝地停止彈
琴）

廣　：你怎麼來了？

安　：唔，是你的傘。

廣　：是我的啊。

安　：抱歉搞錯了。

廣　：不會啦。


（兩人沉默）


廣　：我可以跟你說一下話嗎？

安　：嗯。

廣　：就是……我剛剛想清楚了，你可能會覺得我一直纏著你很
　　　煩，我很笨手笨腳、惹你不高興。

安　：沒有，你不要……

廣　：／但我會一直纏著你，（頓）我想要討你歡心、想要你喜歡
　　　我，就算前面九次都笨手笨腳，可能到第十次就做對了。
　　　就是這樣。我說完了。


（頓）


安　：你跪下。

廣　：咦？

安　：跪下。


（廣乖乖地跪下，沉默一拍）


廣　：嗯，然後我要—

安　：反正你就先跪著。

（廣持續跪著，沉默一拍）

安　：你幹麼那麼聽話啊？

廣　：因爲你叫我跪著。

安　：哼，從現在開始，你要跟我說實話，我絕對知道你在說謊，
　　　明白嗎？

廣　：嗯。

安　：明白嗎！

廣　：明白！

安　：你覺得你的個性會改變嗎!?

廣　：我……

安　：說實話！

廣　：我會努力。

安　：哼，你討好我只是想要我回去你身邊對吧！

廣　：不是。

安　：你只是沒被拒絕過不想認輸才來討好我吧！

廣　：不是。

安　：你說謊！

廣　：我、我不知道。

安　：你很怕不管怎麼努力都沒有被人看見對吧！

廣　：我……

安　：你很怕被身邊的人比下去對吧？

廣　：不對。

安　：是嗎？

廣　：你的話沒關係。

安　：你確定？說實話！

廣　：我……

安　：說實話！

廣　：我喜歡你。

安　：你連我不能喝牛奶都不記得！

廣　：我不會再忘記了。

安　：你繼續跪在這邊吧！（作勢往外走）

廣　：不要啦！我、我怕我講了實話你就不想理我了，喂！我很不
　　　體貼，很幼稚，我根本就不記得你不能喝牛奶，討厭看到
　　　你很厲害、很受歡迎因為我怕你會去喜歡別人，我只是想要
　　　你喜歡我。

（頓）

安　：說實話不是很好嗎。（蹲下握住廣的手）

廣　：可是我喜歡你。

安　：你知道我喜歡你哪裡嗎？

廣　：哪裡？

安　：（有點Ｓ地）你那些看起來很沒用的地方，因為太沒用了，不
　　　能丟下你不管。（頓）以後，要是你又在那邊自怨自艾，我
　　　就會叫你罰跪喔。

廣　：好，我不會再放開你了

（廣擁抱安，兩人倒在地上，廣親吻安的臉，氣氛危險，此時學校
廣播音效響起）

學校廣播：只有我一個人的未來有什麼意義……小安，如果你真
　　　　　的能聽到，我想告訴你，你就是我想要的那個人，可是我
　　　　　做得不夠好，不夠讓你放心，然後就再也見不到面了。（廣

播中穿插三、吾 OS，吾：「不要管他，就是要放出來啦！」
三：「等等可是阿廣叫我們不要放。」吾：「他又沒刪掉！」）


安　：只有一個人的未來？那是？

廣　：（大吼）三三～～老吾！！！！

莉　：本篇更新到此告一段落，這就是流傳在原東寺高中，主唱大
　　　人御夫有術的傳奇故事。

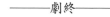

————劇終————

《新社員》 番外篇

# 冬：雷東之章
# 明年此時


莉 ：（穿著便服，正經地）大家好，又到了莉莉絲微熱鼻血日記莉
　　莉絲立刻濕打抗每天早上的更新。
　　雖然習慣了都要用這個開場白，但進入社會以後，工作
　　占去了大部分的時間，已經很久沒更新了。今天回到原
　　東寺高中，是因爲一個老朋友。

雷 ：甯同學。

莉 ：老師！好久不見！

雷 ：麻煩妳特地跑一趟。（頓）工作都還順利嗎？

莉 ：真的開始工作之後就發現這是非常難回答的問題。

雷 ：哈。這個送妳。（塞給莉一袋東西）

莉 ：這啥？

雷 ：各種折價券，吃吃喝喝日常用品都有。

莉 ：你不要囉？這可是窮人的好夥伴啊！

雷 ：嗯，反正已經不用存錢了。


（頓）


莉 ：（拿出相機）好那開始吧，要去哪裡拍？

雷 ：馬上開始？不愧是專業！

莉 ：（相機「喀擦」音效，雷老師停格）每次老師露出這種表情，
　　我就知道不要再問下去了。因爲一定是因爲東教官。

雷 ：東教官今年應該不會出現了。

莉 ：你會讀心術啊！

雷 ：什麼？

莉 ：（拿起相機）老師雖然說得輕鬆，但我不禁開始想，每年過年，東教官來見雷老師，是什麼時候開始的？

雷 ：我跟東的過年之約，是十年前，他結婚後開始的。

莉 ：你眞的會讀心術啦！

雷 ：什麼？（頓）校門口拍一張吧。學期末最後一天，在校門口遇到東聲敏，那是他要調職前的最後一個學期。


（莉按下快門，東出現在校門）


東 ：誒。


（雷看向東）


東 ：找你啦！

雷 ：找找找找找我!?

東 ：不要啊，那我走囉。

雷 ：（伸手抓住東的袖子）誒！我只是嚇了一跳！

東 ：下學期開始我要調去別的學校了。

雷 ：有聽說，你爸爸身體不好。

東 ：嗯，需要就近照顧他，可是，你……（看向雷）

雷 ：放心啦我不會跟著調過去，反正我也不知道你去哪個學校。

東 ：過年會有空嗎？

雷 ：過年？（以爲自己聽錯）

東 ：初三、初四有空嗎？

雷 ：有。（兩種表演方式：一種接很緊的秒答，一種有點呆掉彷彿

意外驚喜般地停頓一拍，邊點頭邊講）

東　：真的？不勉強喔？

雷　：我不管有沒有空都會說有空啦，你明知故問。


（頓）


東　：（遲疑）真的沒事的話可以見個面。


（雷跟東對視）


莉　：所以你們就固定每年的初三、初四見面了？

雷　：嗯，因為他太太娘家比較遠，固定回去兩天。他爸媽一直以
　　　為他跟太太回娘家了。

莉　：那東教官是怎麼跟他太太說……？

雷　：我怎麼可能問他。

莉　：他這樣不會很危險嗎？（頓）第一年你們去了哪裡？

雷　：其實就是學校跟我家。

莉　：這麼無聊？

雷　：沒辦法才兩天一夜，而且過年到哪裡都人擠人。

莉　：應該是你們在這個學校有太多美好的回憶了吧。（頓）哇，真
　　　的這個時間都沒有人……社團教室……要拍嗎？


（上課鐘響）


東莉：誒，原來放年假鐘聲還是會響啊？

雷　：會啊，因為學校系統已經設定好了。

（莉「喀擦」一聲按下快門）

東　：沒有人的社團教室耶。收得很乾淨嘛哼！（突然笑出來）

雷　：笑啥？

東　：我根本是被你騙進社團的！

雷　：我哪是騙！

東　：你是啊，你（雷突然從身後抱住東，東靜靜將手疊在雷的手上），小雷⋯⋯

（頓）

雷　：東⋯⋯（頓）你是不是胖了？（東捏了雷的手）哎呀呀呀！好痛啊！你掐人很痛！

東　：就是要痛啊不痛幹麼掐？

雷　：好嘛可是你掐到我的毛根了。

東　：什麼鬼啦。（頓）手給我。

（雷默默伸手出去）

東　：（撫摸著掐過雷的地方）其實根本不痛吧？我超小力的好不好。

雷　：被你發現了。（此時東的簡訊聲進，東默默拿起手機看了一眼，關靜音）我是心痛。

（沉默）

東　：是廣告簡訊。

雷　：誒誒我開玩笑的啦，我不會再說這種話了。

東　：這是我欠你的。

雷　：我真的只是開玩笑而已。沒什麼欠不欠，今天住我家？

東　：嗯。

雷　：吃火鍋？

東　：你想吃什麼我煮給你吃。

雷莉：蛋炒飯！

莉　：／想吃！

雷　：我不會做啦，那是東的拿手菜。

莉　：教官的蛋炒飯好好吃！

雷　：妳也知道啊？

莉　：以前有一次童軍課露營他有炒給全班吃。

雷　：啊，我知道這件事，本來說炒太多要幫我打包結果被吃光光。

莉　：結果你們都沒有聊到他結婚的事？

雷　：見面的時間都不夠了，何必聊呢？也不能改變什麼。不過第二天他回去以後，傳簡訊跟我說，他的小孩預計八月出生。

莉　：可、可能是想當面跟你說但不知道怎麼說。

雷　：不過，我很開心呢，東的小孩。


（頓）


雷　：教室也幫我拍一張吧。我跟東以前也是九班的。

莉　：跟以前比起來有變很多嗎？

雷　：嗯……妳是問教室，還是問，教室裡面的人？


（頓，莉按下快門）

東　：小雷，（遮住雷的眼睛）猜猜看我們到哪裡了？

雷　：原東寺高中？

東　：具體一點。

雷　：二年九班？

東　：噔噔～你好聰明猜對了耶！

雷　：昨天晚上在我家看了一堆以前的照片，就知道你今天一定會
　　　想來。

東　：每年都在那邊懷舊我們好沒用。

雷　：不會啊，快點，新的交出來！

東　：蛤？

雷　：小雪的照片啦！

東　：我不是有寄給你？

雷　：你都拍一些很糊的角度照，幹麼當沙龍照拍啊！小孩在大可
　　　是很快的，都快三歲了已經是少女了，雷叔叔不想錯過小
　　　雪的成長！（聲東擊西搶過手機）

東　：誒！

雷　：明明就超多都不給我看。超可愛啊！長大好多！

東　：嗯嗯，超可愛。（試圖搶回但失敗）

雷　：超可愛～眼睛跟你一模一樣，（頓）長得跟媽媽越來越像，很
　　　漂亮。（從原木看東的臉轉向看著照片）

東　：雷。

雷　：／你該不會怕我會在意這種事情吧。想太多了，像媽媽很好
　　　啊，很漂亮。（看著照片）

東　：嗯，謝謝你。

雷　：而且要是我在意的話，你能做什麼嗎？（繼續看著照片）


（頓）

雷　：所以我不在意。（繼續看著照片）

（頓）

雷　：開玩笑的，你爸有好點嗎？（看著東）

東　：就有維持，但身體越來越差了。

雷　：嗯，你們都保重。

東　：好了，不要浪費時間講這些東西。你知道我今年差點不能過來嗎？

雷　：怎麼了？

東　：我媽說趁我爸還能走，過年想全家出國玩，但後來機票都滿了。

雷　：是喔。

東　：改暑假去。

（頓）

雷　：⋯⋯你爸媽該不會知道你是來跟我見面所以故意出國吧？

東　：不可能啦！

雷　：你爸媽有多麼「愛」（加重語氣）你，我又不是不知道。

東　：好了，（用力抱著雷）我愛你，我一定會來。（兩人相擁，雷的下巴靠在東的肩膀上，一臉漠然地向外看）

莉　：雷老師。（雷看向莉）你那時候在想什麼？

雷　：（持續靠在東的肩膀上）我在想，那時候遇到東他媽媽⋯⋯

莉　：什麼時候？

雷　：東調去其他學校不久，在校門口，她看到我，說，好巧。

莉　：怎麼可能那麼剛好。

雷　：她說，剛好遇到，那就順便幫我禱告，她按住我的手，說，
　　　希望我像聲敏一樣，能重新再去學習什麼是愛。

莉　：天哪……她好瘋！

雷　：沒有，她是真心地在為我好喔。

莉　：就是這樣才瘋啊！

雷　：他爸說過。如果東聲敏不結婚生子，他乾脆自殺，他對不起
　　　東家祖先。

莉　：我錯了，爸爸才瘋。


（簡訊聲進，雷、莉同時拿起手機看，雷拿的是原本手上的東的手
機）


莉　：小八要過來了。

雷　：東，你的簡訊。

東　：怎麼了？

雷　：你太太說小雪發燒，吵著要爸爸。

東　：（看著手機）那，小雷……

雷　：快去，小朋友比較重要。（東親吻了雷的脣，轉身）

東　：不管我爸媽過去曾經做過什麼事情，不管我家人給你造成多
　　　少困擾，我很抱歉，我不會讓這些事再發生了。（離去）

莉　：小八會晚到十分鐘，她先繞去別的地方。

雷　：（頓）那天，我就一直坐在教室，坐了好久好久，一直坐到太
　　　陽下山了，才離開。

莉　：不會很暗嗎？

雷　：很暗。但我看得清清楚楚。


（以下邊說邊步行到矮花圃）

雷　：第四年，我們假裝什麼事都沒有發生。（停頓）然後，第五
　　　年，我突然有一個預感，今年不要見面比較好。要是我有
　　　聽我的預感就好了。

東　：（拿著電話上，對小孩講話的聲音）把拔在值班啊，值班，就
　　　是上班啊，小雪乖啊，什麼？紅包是妳的喔？可是馬麻要
　　　幫妳存錢啊⋯⋯

雷　：誒。

東　：（比一個噓的手勢）妳要看卡通？這麼突然，好掰掰。（語氣
　　　突然轉成對大人講話）他還在痛喔？嗯⋯⋯我先掛晚上的，
　　　等等載他過去時間應該差不多。（掛電話）

雷　：掰掰～～

東　：不要這樣，我已經很煩了。

雷　：好，我跟你道歉。


（頓）


雷　：我們才剛見面兩小時你就要拍拍屁股走人。

東　：晚上才要載我爸去看醫生，還有一整個下午—

雷　：不是說好兩天的嗎？

東　：我明天再過來。

雷　：你不是說不會讓你的家人影響我們嗎？

東　：我⋯⋯

雷　：／我們時間已經那麼少了，你們為什麼連一天都不留給我？

東　：你們？

雷　：你跟你的家人！你為什麼一定要現在跟你女兒講電話？

東　：你知道小孩盧起來你不可能就—

雷　：把拔去找男人上床！你敢講嗎？

東　：你不要這樣─

雷　：你老婆不能帶你爸去看醫生？

東　：她要顧小孩，我媽抱不動我爸。

雷　：我可以帶你爸去看醫生！

東　：你不要這樣。

雷　：如果他們願意，我可以帶你爸去看醫生、帶你媽去爬山、帶
　　　小雪去上幼稚園、帶你們全家出國玩，我還可以幫你爸請家
　　　庭看護，我一直有存錢。

東　：……謝謝你，可是─

雷　：可是他們不願意。（停頓一拍，沉痛地）


（東沉默）


雷　：那你願意嗎？


（東緊緊摟著雷，哭著）
（雷輕輕拍著東的背，並沒有太悲傷的表情）


雷　：那天分開以後。東傳了一個簡訊給我，

東雷：「去認識別人吧，你值得更好的人」。（一起說完簡訊內容
　　　後，東下）

莉　：你有回嗎？

雷　：我說，明年，先不要見面了。

莉　：你們就一直沒有見面，到現在？這五年都沒有見面？

雷　：三年前他帶……一個男生來找我吃飯

莉　：就是 Tom 嗎？他是教官介紹給你認識的？

雷　：對。Tom 的家人都知道他的性向。東說，不希望我亂交到

　　　　　　一些很差的對象，覺得一個眞正的好人才配得上我。

莉　：教官眞心的嗎？

雷　：是喔。

莉　：你眞的愛 Tom 嗎？

雷　：愛啊。他能給我的安全感是東不能給我的。

莉　：但你也愛東？

雷　：嗯我也愛東。

莉　：我搞不清楚你們這是什麼關係了。

雷　：前陣子我從 Tom 那邊聽到東爸爸過世的消息。

莉　：嗯。

雷　：還有東離婚了。

莉　：離婚了？

雷　：他太太好像認識了別人。不過這些事情，東也不會跟我說
　　　了。

莉　：可以理解，他不想再麻煩你但又必須把你藏起來了。

雷　：Tom 也是這麼說。

莉　：Tom？

雷　：他說當他愛上我的瞬間，他就發現，東一直都愛著我，不
　　　過，Tom 的家人都知道他是，這是他贏過東的地方。

莉　：可是你跟 Tom 不是也分／

雷　：嗯，最近他調職到國外去，和平分手。到後來是男是女，是
　　　不是同性戀，只是其中一個問題，調職啊、家人生病啊、家
　　　裡負債啊、沒錢啊……那些你不能控制的生老病死，才眞的
　　　讓人，走不下去了。

（頓）

莉 ：老師今天來學校是要……？

雷 ：就是留個紀念吧，這裡是一切的開始。

莉 ：你該不會要自殺吧！

雷 ：蛤？

莉 ：感覺你好像要自殺！

雷 ：神經病喔，我要出國了啦！

莉 ：出國？

雷 ：嗯，一直待在這裡也不是辦法，到不同地方看看吧。

莉 ：所以今天來道別的嗎？

雷 ：嗯，之後我會調到偏遠地區的學校，有空你們再來找我玩吧。

莉 ：可是老師，教官現在可能需要你啊！

雷 ：他需要我的話，會來找我。這種家人的場合，沒有我的位子。

莉 ：你會去很遠的地方嗎？

雷 ：只要活著就會見到啊，不用擔心。


（下課鐘聲響）


莉 ：小八到了，我先去找她。


（莉下，雷站在場上，看著。此時穿著便服的教官從雷背後上場，遮住雷的眼睛。兩人沉默）


雷 ：你怎麼會在這裡？

東 ：小八，把我帶來的。

（停頓）

雷　：小雪還好嗎？

東　：嗯。

雷　：她跟爸爸還是跟媽媽？

東　：她說她要自己決定，大人就是，陪著她。

雷　：那，離婚，還好嗎？

東　：嗯。她說，終於知道什麼是熱戀的感覺。是我耽誤她。

雷　：是你爸媽要負責，不是你。

東　：哎，他們就只有生我啊，有什麼辦法。你呢，你還好嗎？

　　　（說著，東的手從遮住雷的眼睛，慢慢變成抱著雷）

雷　：嗯，很好喔（語氣顫抖）。爸爸的葬禮，還好嗎？

東　：已經都辦完了，入塔了。

雷　：叫媽媽不要太難過，這樣靈魂不能好好走。

東　：她還好，生病這麼久我們大概都有個底了。


（兩人沉默）

雷　：我要出國一陣子。

東　：我知道。

雷　：能看到你，很高興。


（一個綿長的擁抱）

東　：其實，我爸過世的時候，我覺得很輕鬆。

雷　：嗯。

東　：雖然我已經失去你了，雖然我跟爸爸最後只剩下這種關係，

　　　　　但是，終於……

雷　：你沒有失去我。

東　：我沒有嗎？

雷　：你要相信，每一次我們見面都是最好的時候，如果沒有那些
　　　　阻礙，可能我們順利交往個兩三年就分手了，高中生懂什
　　　　麼是愛情。

東　：懂喔。我們懂。所以我爸才這麼討厭你。


（兩人哭哭笑笑地對視，相擁）


東　：其實，今天我是幫我媽送信。（遞給雷一封信）

雷　：你媽？

東　：我爸過世後，我跟我媽說你的事，說這些年……


（雷看信，一邊哭著）


雷　：你媽說，你過得很辛苦，但你什麼都不說……

東　：沒有什麼辛苦不辛苦吧，每個人都很辛苦。

雷　：她說過年兩個人不好煮，叫我去吃飯……

東　：沒了？

雷　：說，很抱歉聲敏的爸爸一直……你自己看啦！（此時東呈現
　　　　高跪姿拉著雷的手）等一下你、你要幹嘛?!

東　：你願意……來我家吃飯嗎？

雷　：……叫我去吃飯幹麼要跪著啦？我以為你……

東　：／啊、不是啦，我只是、只、只是吃飯啦，其他的我，還不
　　　　敢想，而且你要出國，搞不好會認識新的人……

雷　：白癡，機票可以取消啦，！我又不一定要去。（換雷對著東

跪下）東，我之前說過要照顧你全家，我是真心的……（八
和莉上場，莉看到雷、東，要拉住八往外走，但已來不及）

八　：好，那，我們就出發吧，（看著突然站起身害羞的雷、東兩
　　　人）嗯怎麼了？

雷　：妳們兩個早不出現晚不出現！

八　：誒我開車把教官帶來耶怎麼不感謝我！

莉　：他們五年沒見耶妳不要鬧！

八　：五年沒見!?

雷　：還不是他叫我去認識別人，我那時候真的死心了。

東　：沒有喔是你先傳訊息來說「明年不要見面」！

雷　：／明明是你先叫我去認識別人！

東　：明明是你先說不要見面了！

雷　：是你先的啦！

東　：算了，這已經不重要了。

雷　：嗯……（雷、東牽手）

八　：呃我們還是先告退……

東　：一起來吃飯吧？等等有事嗎？

莉　：真的嗎？從剛剛就好想吃教官的蛋炒飯！

東　：可以啊，但大過年吃什麼蛋炒飯！

八　：耶！我也想吃教官的蛋炒飯！出發囉！（先下）

雷　：（搵了搵鼻子）啊，甯同學！

莉　：嗯？

雷　：不好意思，剛剛給妳的那包折價券……可以先還我一下嗎？

（頓）

東　：不要跟學生要回這種東西！以後一起存錢！

《新社員》‧前奏就用來接吻吧‧

# 《新社員》– 前奏就用來接吻吧 –
## 演出資料

演出單位｜前叛逆男子

編　　劇｜簡莉穎

編劇協力｜張文華

導　　演｜黃緣文

音樂總監｜蔣韜

舞臺設計｜吳修和

燈光設計｜劉柏欣

服裝設計｜謝岱汝

動作設計｜朱芳儀

行銷統籌｜曾彥寧

主辦單位｜再一次拒絕長大劇團、廣藝基金會

贊助單位｜廣達電腦、國家藝術基金會

※ 本作品為廣藝基金會委託創作

## 首演

演出日期｜2014 年 11 月 21 日 – 11 月 30 日

演出地點｜公館水源劇場

演　　員｜田士廣、吳言凜、呂寰宇、沈威年、高華麗、張念慈、
　　　　　趙逸嵐、鮑奕安

首週特別演出嘉賓｜陳修澤（那我懂你意思了）

加演場特別演出嘉賓｜柯家洋（南瓜妮歌迷俱樂部）、劉家凱（蘇
　　　　　打綠）

製　作　人｜吳季娟

執行製作｜陳婉婷

舞臺監督｜林岱蓉

舞臺技術指導｜林世信

燈光技術指導｜張以沁

執行舞監（第二週）｜林思妤

宣傳執行｜朱倩儀

票務執行｜蕭源斌

漫　　畫｜帝少

攝　　影｜謝岱汝

平面設計｜曾彥婷

行政協力｜藝外創意

## 加演

演出日期｜2015 年 9 月 29 日 – 10 月 4 日

演出地點｜新北市藝文中心


演　　員｜田士廣、吳言凜、呂寰宇、沈威年、高華麗、張念慈、
　　　　　趙逸嵐、鮑奕安

特別演出嘉賓｜HUSH、柏蒼（ECHO 回聲樂團）、陳修澤（那我
　　　　　懂你意思了）

製 作 人｜再一次拒絕長大劇團

執行製作｜陳雅柔、王詩琪

舞臺監督｜林岱蓉

歌唱指導｜羅香菱

宣傳執行｜韓愷真

票務執行｜黃慧玲

主視覺設計｜陳水人

平面設計｜小寒

影像處理｜王玫心

主辦單位｜廣藝基金會、再一次拒絕長大劇團、新北市文化局


演出包含《新社員》本傳（每場內容相同）及番外篇 1 篇（每場內
容依各場標示為準）

　　9 月 29 日（二）19：30 春：八莉之章

　　9 月 30 日（三）19：30 夏：三吾之章

10 月 1 日（四）19：30 冬：雷東之章

10 月 2 日（五）14：00 夏：三吾之章（開放觀眾應援及合唱）

10 月 2 日（五）19：30 秋：廣安之章

10 月 3 日（六）14：00 冬：雷東之章

10 月 3 日（六）19：30 春：八莉之章

10 月 4 日（日）14：00 秋：廣安之章

10 月 4 日（日）19：30 神祕彩蛋場 （開放觀眾應援及合唱）

## 2016 高雄衛武營藝術祭受邀演出

演出日期｜2016 年 10 月 13 日－16 日

演出地點｜衛武營藝術文化中心戶外園區

演　　員｜田士廣、吳言凜、呂寰宇、沈威年、高華麗、張念慈、
　　　　　趙逸嵐、鮑奕安

執行導演｜陳煜典

製 作 人｜曾彥寧

執行製作｜簡姵伽

現場樂手｜曾韻方、吳俊佑、林大宇、劉子齊

舞臺監督｜林岱蓉

歌唱指導｜羅香菱

服裝助理｜李珮欣

導排演助理｜孫自怡

攝影暨影像處理｜王玫心

**加演**

演出日期 ｜ 2019 年 12 月 27 日 – 2020 年 1 月 5 日

演出地點 ｜ 新北市藝文中心

演　　員 ｜ 吳言凜、呂寰宇、沈威年、高華麗、張念慈、趙逸嵐、
　　　　　　歐陽倫、鮑奕安

特別來賓 ｜ 12 / 27 – 12 / 28　陳修澤（脆弱少女組）

　　　　　　12 / 29、1 / 2　黃士勛（獨立創作歌手、影視演員）

　　　　　　1 / 3 – 1 / 5　林頤原（Trash 樂團）

執行導演 ｜ 陳煜典

製 作 人 ｜ 曾彥寧

劇團行政 ｜ 黃亭瑋

執行製作 ｜ 羅尹如

現場樂手 ｜ 林宏宇、吳俊佑、曾韻方、劉子齊

舞臺監督 ｜ 林岱蓉、黃詩蘋

歌唱指導 ｜ 林玟圻

服裝執行 ｜ 張義宗

導排演助理 ｜ 孫自怡

主視覺攝影及設計 ｜ 林育全

攝影暨影像處理 ｜ 王玫心

宣傳執行 ｜ 邱嬿珺

《新社員》‧前奏就用來接吻吧‧

## 《新社員》－前奏就用來接吻吧－
## 創作源起

約莫是二〇一三年吧，導演黃緣文剛完成他研究所的畢業製作《春醒》，我很喜歡，那時我們都在北藝，時不時會聊個天什麼的，他當初改編卡關時，也問過我的意見。他跟彼時的男友看起了ＢＬ漫畫，有天跟我說，他想成立一個有別於再拒劇團原本路線的子團，做ＢＬ音樂劇，找我寫劇本。我覺得好玩，沒想太多就答應了。

當時我對ＢＬ漫畫涉獵並不多，但動漫是我細胞的一部分，取材並創造動漫風格令我躍躍欲試，嗯……然後就無間地獄折磨了整整快要一年，不誇張，二〇一四年一月提了大綱，一直到十一月彩排當天才補上最後一片拼圖：小安的時間獨白（編按：尾聲）。

太、難、寫、了！總共拉了四組配對，就九個角色！每個角色還要有不同的戀愛關係！再加上歌——我很不喜歡劇情停滯，但抒情的歌尤其困難，就算沒有交代劇情我也希望它有哏，要不有「行動」、要不有「動作」，讓一首歌不只是傳達一種情緒，而是像八安上學的互動、雷東吵架虐戀、三三對老吾無微不至的照顧、腐女

上學途中的妄想，甚至可以拿來作弊！我希望所有細節可以讓角色跟關係鮮活又獨特，這樣就算戲結束了，角色仍然可以活著。

寫這一個劇本對我來說，是寫三個劇本的分量，雖然有劇本協力張文華，以及緣文、蔣韜協助歌詞，但 loading 還是很重，我相信每個人都是如此。不只是能不能寫出好聽的音樂、排出怎麼樣的表演走位等問題而已，當你心心念念揣摩「這個角色應該怎麼樣比較對」，就有了最大的限制，但也有最大的自由。限制來自於不管什麼樣形式呈現，歌或戲，都得依歸角色，但這個角色究竟是什麼樣子，卻又得仰賴寫出一段段戲、一直改一直改，才會出現。

我覺得這個過程很像雕刻，這個方向、這個設定，你心中知道「對了」，你找到那塊木頭，知道裡面藏著一個人，但他究竟長什麼樣子，得要透過很多不太對的橋段、翻來覆去地討論，剔除那些不屬於他的反應、個性、行動、言談、價值、愛恨，就像剔掉木頭，與他人一起看著那塊粗糙的木像，然後，你會越來越逼近木中人的樣子——就是在此刻，你得到最大的自由，在睡夢中都能摸到他的眼耳鼻舌身意。

這樣的過程，難道不值得一年的奮鬥嗎？（只是我那年收入真的很少啦……）

春夏秋冬番外篇的誕生，則是與觀眾互動的產物。我在〈春：八莉之章〉裡面，寫了網友幫莉莉絲打氣的段落，其中的網友名字都是真有其人，是當時與《新社員》、演員、劇組互動最密切的觀眾們（當然還有許多人並沒有被放進來，但其二創、互動都反覆地影響番外篇的擴展）。

這齣音樂劇演出後，得到很多迴響，開始出現二創、同人作品、新社員告白專頁、專屬心得本，時不時出現一些搞笑歡樂跟演員的互動留言，我還深深記得，與小安、小馬、蔣韜、華麗、阿廣一起去 CWT（同人誌販售會），得到許多二創本時，那開心又驚奇的心情：原來從別人的眼睛看出去是這麼回事！原來這麼辛苦努力出來的東西，可以走入不同人的生命！這些心得、感想跟二創作品，成為了累積在我心裡的東西，就像排練時期跟劇組討論一樣，只是這次，是跟所有看過戲的觀眾一起。於是，有了這四篇番外。

因為演出加上番外，這齣戲會來到整整三小時的超長時間，要再加演的可能性微乎其微，為此，跟本傳一起收錄。

# 叛徒馬密可能的回憶錄 簡莉穎劇本集3

| | | |
|---|---|---|
| 作　　　者 | 簡莉穎 | |
| 編　　　輯 | 陳韋臻 | |
| 美 術 設 計 | 夏皮南 | |
| 內 頁 設 計 | 蘇　維 | |

| | | |
|---|---|---|
| 出　　　版 | 一人出版社 | |
| 地　　　址 | 臺北市南京東路一段二十五號十樓之四 | |
| 電　　　話 | (02) 2537-2497 | |
| 傳　　　眞 | (02) 2537-4409 | |
| 網　　　址 | alonepublishing.blogspot.com | |
| 信　　　箱 | alonepublishing@gmail.com | |

| | | |
|---|---|---|
| 總 經 銷 | 聯合發行股份有限公司 | |
| 電　　　話 | (02) 2917-8022 | |
| 傳　　　眞 | (02) 2915-6275 | |

| | | |
|---|---|---|
| 初　　　版 | 二〇二一年十一月 | |
| 定　　　價 | 新臺幣 350 元 | |

國家圖書館出版品預行編目 (CIP) 資料

叛徒馬密可能的回憶錄：簡莉穎劇本集 . 3/ 簡莉穎作 . -- 初版 . --
臺北市：一人出版社, 2021.11
288 面 ; 14.8x21 公分
ISBN 978-986-97951-7-3( 平裝 )

863.54　　110016575